KB126408

여자도 사람이외다

여자도 사람이외다

영원한 신여성 나혜석의 고백

나혜석 지음
조일동 엮음

여자도
사람이외다

1쇄 발행 2024년 7월 24일

지은이 나혜석
엮은이 조일동
펴낸곳 드레북스
펴낸이 조일동

출판등록 제2023-000148호
주소 경기도 파주시 탄현면 헤이리마을길 93-144, 2층 1호
전화 031-944-0554
팩스 031-944-0552
이메일 drebooks@naver.com

인쇄 프린탑
배본 최강물류

ISBN 979-11-93946-05-3 03810

인격적으로 점잖은 무게 '드레'
드레북스는 가치를 존중하고 책의 품격을 생각합니다

들어가는 글

"여자도 사람이외다"

여기 한 여성이 있다. 촉망받는 화가이자 작가였으며, 한 가정의 아내이자 네 아이의 어머니였다. 그의 이름 앞에는 신여성이 붙고 시대와의 불화가 함께한다. 남들의 부러움을 받았지만 그것으로 출세하려 하지 않았고, 아내이자 어머니였지만 인형이기를 거부했다. 그렇게 경직된 사회에서 벗어나고자 했고, 그래서 깨어 있고자 했으며, 여성이기 전에 한 인간이기를 바랐다. 하지만 그의 삶은 시대와 어울리지 못했고, 시대는 그를 철저하게 외면했다.

우리나라 여성 중 최초의 서양화가인 나혜석. 고등학교를 수석으로 졸업한 후 일본 유학길에 올라 엘리트 코스를 밟았으며, 일본에서 서양 유화를 배운 국내 최초의 여성 서양화가로 미술계의 주목을 한 몸에 받았다. 재능은 그림에만 머물지 않았다. 1918년에 조혼과 가부장제 등 여성에게 불리한 관습을 비판한 소설 〈경희〉를 발표하며 작가로도 남다른 재능을 키웠다.

그러나 지금 나혜석은 화가와 작가이기 전에 인형이 되기를 거부한 여성이자 여성의 권리를 찾고자 한 인물로 자리매김하고 있다. 가부장적인 사회제도와 남성 중심적인 사회에 침묵하지 않았으며, 그런 현실을 누구보다 강하게 비판하고 저항했다. 자신에게 쏟아지는 비난과 따가운 시선을 기꺼이 감수하면서 자기 존재를 증명하려 했고, 여성에게

억압적인 사회와 맞서 싸웠다. 그 싸움은 인형이 아닌, 여성이 아닌, 한 사람으로서 온전히 살고자 한 바람이자 실천이었다.

그는 과격한 여성이었을까? 우리 사회는 그의 시대와는 전혀 다른가? 여성 문제는 지금도 유효하고, 발작적인 거부감과 일방적인 매도는 여전히 우리를 옭아매고 있다. "여자도 사람이외다"라고 외치며, 주체적이고 독립적인 존재이기를 바란 문제의식은 100년이 지난 지금도 우리에게 유효하다.

〈모 된 감상기〉 그리고 〈이혼 고백서〉

1922년 〈모(母) 된 감상기〉에서 나혜석은 어머니가 되는 과정과 심정을 말하며 여성 고유의 경험을 처음으로 공론화했다. 이 글은 모성의 가치를 언급하고 옹호하면서도 출산으로 인해 자신의 삶을 뒷전으로 미뤄야 하는 여성의 현실을 그대로 보여주었고, 여성의 희생을 당연하게 여기는 사회를 정면으로 비판했다. 이 글이 지면에 실린 후 비난이 쏟아졌지만 그는 자신의 생각을 굽히지 않았다.

1934년 잡지 《삼천리》에 실은 〈이혼 고백서〉는 〈모(母) 된 감상기〉에 대한 비난 수위를 훨씬 뛰어넘었다. 결혼에서 이혼에 이르게 된 과정을 가감 없이 드러낸 이 글에서 나혜석은 이혼 과정에서 남편 김우영의 편

협함을 보았고, 여성에게 일방적으로 정조관념을 강요하는 사회와 부딪쳤으며, 현모양처에 구속당하는 시대에 저항했다. 이 글로 인해 그는 한 가정과 사회에서 철저하게 고립되었다.

이런 결과로 이어질지 몰랐을까? 당시 사회 분위기에 자신의 글이 얼마나 큰 파장을 몰고 올지 가늠하지 않았을까? 그러기에는 그의 글은 당시 사회의 치부를 여지없이 보여주었고, 그로써 이어질 앞날을 충분히 읽었을 것이다. 그럼에도 세상에 내보인 〈이혼 고백서〉는 경직된 사회로 인해 얼마나 깊은 상처를 입었으며, 그 때문에 얼마나 저항했는지 짐작하게 한다.

당시 신여성들의 삶이 그랬듯 저항은 불행의 신호탄이었으며, 조선 최초의 여성 화가이자 엘리트 여성이라는 자리 역시 한순간에 무너졌다. 평온한 세상을 깨뜨린 여성이자 '이혼 당한 여자' 라는 이유로 손가락질 당했다. 제 아이들의 얼굴조차 볼 수 없었으며, 평생의 업으로 삼고자 했던 화가의 길은 화랑으로부터 외면당해 생활고까지 겹쳤다.

한때 누구보다 총명했지만 사회는 그런 여성을 더욱 빛내거나 그의 목소리에 귀 기울이기보다는 조롱거리로 삼았고, 외면했으며, 세상 밖으로 내몰았다. 그렇게 그는 1948년 '신원 미상, 무연고자, 사망 원인 영양실조, 추정 연령 65~66세' 라는 짤막한 사망 기사와 함께 관보에 올랐고, 무연고자가 모인 병동에서 홀로 눈을 감았다. 이후 '나혜석' 이라는 이름은 금기어가 되었으며, 몸은 버려지고, 목소리는 묻혔다.

그러나 기어이 살아 돌아왔다. 사회는 그를 고립과 죽음으로 내몰았지만, 결과적으로 그의 저항과 도전은 시대를 앞서가는 용기로 되돌아왔다. 행려병자로 사망한 탓에 그가 어디에 묻혀 있는지는 여전히 오리무중이다. 하지만 그가 남긴 글들과 그 안에 담긴 의미는 오히려 더 큰 울림으로 100년을 거슬러 올라온다.

시대와 사회제도, 의식이 새로워졌음에도 나혜석의 글들은 낡은 유물이 아니라 시간이 지날수록 오히려 더 빛을 발한다. 그것은 경직되고 왜곡된 사회에 대한 외침과 저항이 결코 당대에 머물지 않으며, 지금도 여전히 현재진행형이기 때문이다. 그가 산 시대를 지난날의 일로 가벼이 넘기기에는 오늘 우리의 현실이 그의 시대와는 전혀 다른가? 그가 꿈꾼 날들이 온전히 자리잡고 있는가?

나혜석의 글들을 되짚어 보고, 글로써 그를 돌아보며, 그의 정신을 다시 읽는 것은 그의 남다른 삶을 호기심으로 기억하기 위해서가 아니다. 시간은 흘렀지만 그 시대와 다를 바 없는 현실이며, 그 때문에 고통받고 소외되는 이들이 여전히 있기 때문이다. 그리고 그와 같은 목소리가 우리 사회에 여전히 유효한 문제로 자리하고 있기 때문이다.

100년이 지난 지금, 우리는 나혜석에게서 얼마나 앞서 있는지 돌아본다. 그가 꿈꾸고 바란 시대에서 얼마나 달라졌을까? 인형이 아닌, 여자가 아닌, 인간이고자 했던 그의 글들은 결코 100년 전의 일이 아니다. 지금 우리가 고민하고 한 목소리로 외치며 깨뜨리려는 세상을 그는 100년 전 누구보다 먼저 외치고 깨뜨리고자 했다. 그리고 결코 한 사람만의 웅변이 아니라 모두의 공감과 연대가 절실하다고 강조한다.

그의 글들은 단지 문제 제기에 머물지 않는다. 우리 모두에게 독립적이고 주체적인 존재로서 '개인'을 자각하게 한다. 아울러 자각은 관념적인 이해의 차원에 머물지 않고, 능동적이며 실천적인 행동을 통해 실현된다는 점을 알려준다. 그것은 한 여성의 목소리가 아니라 사람답게 살기 위한 한 인간의 자각이다.

나혜석의 글들에서 우리는 여성을 넘어 주체적이고 독립적인 존재를 읽고 함께 길을 찾는다. "여자도 사람이외다"는 100년 전이 아니라 지금 우리가 주체적이며 독립적인 주체로서 짊어져야 할 삶이다. 여자도 사람이며, 누구나 사람이다.

CONTENTS

3장 ● 나를 잊고 어찌 살 수 있으랴

4장 ● 여자도 다 같은 사람이외다

5장 ● 살러 가지 말고 죽으러 가자

우리가 아니면
누구란 말인가

이상적 부인

먼저 이상이라 함은 무엇을 운함인고, 소위 이상이라. 즉 욕망은 이상의 사상이라. 이를 감정적 이상이라 하면, 이 소위 이상은 신비롭고 지혜로운 이상이라.

그러하면 이상적 부인이라 할 부인은 그 누구인고. 과거와 현재를 통해 이상적 부인이라 할 부인은 없다 생각하는 바요.

나는 아직 부인의 개성에 대한 충분한 연구가 없는 까닭이며, 또 자신의 이상은 비상한 높은 자리에 있음이오. 혁신으로 이상을 삼은 카츄샤, 자기에게 이로움으로 이상을 삼은 막다, 참된 연애로 이상을 삼은 노라 부인, 종교적 평등주의로 이상을 삼은 스토우 부인, 천재적으로 이상을 삼은 라이쵸우 여사, 원만한 가정의 이상을 가진 요사노 여사, 이분들과 같이 다방면의 이상으로 활동하는 부인이 현재에도 적지 아니하도다.

나는 결코 이 분들의 범사에 대해 숭배할 수는 없으나 다만 현재 내 경우로는 최고의 이상에 가깝다 하여 부분적으로 숭배하는 바라.

무슨 까닭이오? 그들의 일반은 운명에 지배되어 생장 발전, 즉 충실히 자신을 발전함을 무섭고 두려워해, 항상 평이한 고정적 안일 외에 절대의 이상을 가지지 못한 약자임이라.

그러하나 우리는 이 장소의 범사를 취득해 매일이 수양된 자기의 양심으로 축출한 바 최고의 이상에 근접한 새로운 상상으로 생장하지 아니하면 아니 되겠도다. 습관에 의해 도덕상 부인, 즉 자기의 세속적 본분만 완수함을 이상이라 말할 수 없도다. 일보를 경진하여 이 이상의 준비가 없으면 아니 될 줄로 생각한 바요, 단순히 양처현모라 하여 이상을 정함도 필히 취할 바가 아닌가 하노라. 다만 이를 주장하는 자는 현재 교육가의 상업주의적 한 가지 좋은 방법이 아닌가 하노라.

남자는 남편이요 아비라. 양부현부의 교육법은 아직도 듣지 못했으니, 다만 여자에 한해 부속물이 된 교육주의라. 정신 수양상으로 하는 말이더라도 실로 재미없는 말이라. 또 부인의 온량 유순으로만 이상이라 하는 것도 필히 취할 바가 아닌가 하노니, 말하자면 여자를 노예 만들기 위해 이 주의로 부덕(婦德)의 장려가 필요했도다.

그러한 중 금일의 부인은 오랜 시간에 남자를 위해서만 일을 하게 하는 주의로 양성한 결과, 온량 유순이 과도해져 그 이상은 거의 옳음과 그름의 식별까지 알지 못하는 경우에 이르렀음이라. 그러하면 여하히 어찌 해야 각자 마땅한 여자가 될까?

물론 지식, 지예가 필요하다 하겠도다. 어떤 일에 당하든지 상식으로 좌우를 처리할 실력이 있지 아니하면 아니 되겠도다. 일정한 목적으로 의의 있게, 자기 개성을 발휘하고자 하는 자각을 가진 부인으로서 현대를 이해한 사상, 지식상 및 품성에 대하여, 그 시대의 선각자가 되어 실력과 권력으로, 사교 또는 신비상 내적 광명의 이상적 부인이 되지 아니하면 불가한 줄로 생각하는 바라.

그러하면 현재의 우리는 점차로 지능을 확충하며, 자기의 노력으로 책임을 다해 본분을 완수하며, 일에 당해 대상에 닿아 연구하고 수양하며, 양심의 발전으로 이상에 근접케 하면 그 일 그 일은 결코 공연히 제거함이 아니요, 연후에는 내일에 평생을 한다 해도 금일 현시까지는 이상의 일생이 될까 하노라.

그러므로 나는 현재에 자기 일신상의 극렬한 욕망으로 그림자도 보이지 아니하는 어떠한 길을 향해 무한한 고통과 싸우며 지시한 예술에 노력하고자 하노라.

— 《학지광》, 1914년 12월

혼인론, 여권론

작년 세말, 학우회 망년회에 회석이 만원인 중 감탄되는 말에는 크게 박수도 하며 부인하는 점에는 악을 써서 큰 소리로 "아니라"고도 하는 상황을 우리 여학생들은 한구석에서 구경했소. 그때 언니가 나를 꾹 찌르며 이마를 찌푸리고, "아이구, 무슨 싸움터 같소그려. 학식이 있고 지각이 났다는 자의 태도가 이렇게 점잖지 못하오그려!" 했소. 나는 웃으며 이렇게 대답한 듯하오.

"오늘이야말로 산 것 같소. 조선에도 저렇게 활기 있는 어른들이 많이 계신 것이 참 기쁘지 않소? 학식이 있기에 판단이 민첩하고 지각이 났기에 똑똑히 발표하는 것이오. 조선 사람은 점잔 부리다가 때가 다 지난 것을 생각지 못하시오? 손님은 사양하고 주인은 권하는 것이오. 자기네들 회에 사양할 여가가 어디 있고, 자기네들 일에 권고 받을 염치가 어디 있겠소? 가령 이것을 객관적으로 비난하는 것이라 말할지라도 비난이 없으면 반성이 어찌 생기고 타격하는 이가 없으면 혁신의 기운이 어찌 일겠소? 비난 중에서 진보가 되고 타격 중에서 개량이 생기는 것이 분명하고, 이로 말미암아 개인이 사람 같은 사람이 되고 일국의 문명 있는 것을 압니다."

그때 언니는 "옳소." 하고 고개를 끄덕끄덕하셨지요?

사회에서 여자를 불신하고 남자가 여자를 모욕하는 것이며 여자의 사업이 어리고, 자각이 없고, 사물에 어둡고, 처리가 둔하고, 실패가 많은 것은 확고한 신념이 결핍하고 이지적 해결력이 빈약했던 까닭 같소. 이 결점이 사람 이하의 금일 여자의 현상을 지배하는 것 같소.

빙긋 웃는 것이 여자의 아름다운 점이라고 하오. 살짝 돌아서는 것이 여성의 귀염스러운 점이라 말들 합니다. 말 아니하고 생각 없는 자를 여자답다 하오. 우리도 남과 같이 사람다운 여자가 되고 남의 일을 나도 판단할 줄 알며, 아름다운 것을 아름답다 할 줄 알며, 더러운 것을 더럽다고 할 줄 알거든—생각도 좀 해본 것 같고, 할말도 다 해본 듯하거든—그때야말로 웃고 싶은 대로 빙끗빙끗 마음대로 웃어서 여자의 아리따운 표정도 해봅시다. 쌀쌀스럽게 싹 돌아서는 귀염도

부립시다. 말 없고 얌전한 여자가 됩시다. 이렇게 우리에게는 뜨거운 정 외에 맑은 이성을 구비하지 않으면 아니 될 줄 알아요.

나는 높은 산을 찾아서 설경을 내려다보려고 나섰소. 이제껏 도회의 더운 바람 속에서 실미지근하게 지내던 생활이 별안간 이렇게 쌀쌀한 바람에 백설계를 만나니 말할 수 없이 마음이 서늘해지고 정신이 번쩍 나며 공연히 껑충껑충 몇 번 뛰기까지 했소.

산 정상을 향하고 푹푹 빠지는 길도 모르는 데를 아무려나 밟아 올라갔소. 올라가다가 나는 깜짝 놀랐어요. 이 추운 아침에 누가 벌써 이 험한 길로 이 두려운 눈을 밟고 올라간 발자국이 있는 것을 보고, 남들이 다 따뜻한 자리 속에서 단꿈에 취했을 때 얼마나 바쁘기에 이 추운 아침에 여기까지 왔고, 얼마나 부지런하기에 남들이 다 자는데 벌써 이 꼭대기에까지 다녀갔나?

언니! 나는 걷던 발을 멈추고 딱 섰소. 언니가 하던 그 말이 인제야 알아지오. 일찍이 기숙사 침실에서 내가 언니께, "우리 조선 여자도 인제는 그만 사람같이 좀 돼 봐야만 할 것 아니오? 미국 여자는 이성과 철학으로 여자다운 여자요, 프랑스 여자는 과학과 예술로 여자다운 여자요, 독일 여자는 용기와 노동으로 여자다운 여자요. 그런데 우리는 인제서야 겨우 여자다운 여자의 제일보를 밟는다 하면 이 너무 늦지 않소? 우리의 비운은 너무 참혹하오그려."

그때 언니가 고개를 번쩍 들고, 내 손목을 꼭 쥐며, "아직 밝지도 않은 이 새벽에 누가 벌써 구루마를 끌고 가는구려. 그 바퀴 구르는 소리가 마치 우레 소리와 같이 내 귀에 들리오. 이 이른 새벽 깊이 든 잠에 몇 사람이나 깨어서 저 바퀴 구르는 소리를 들었겠소? 이와 같이 만물이 잠들어 고요한 중에 그는 먼길을 향하고, 일찍이 일어나서 튼튼히 발감기하고, 천천히 걸어가며 새벽하늘의 고운 빛을 노래하고 맑은 공기에 휘파람 불며 미소하리다. 대문이 꽁꽁 잠기고, 그 안에서는 아직도 깊은 잠에 잠꼬대하는 소리가 들릴 때 그 문 앞에서 얼마나 문을 두드렸겠고 그 문 앞에서 몇 번이나 기도했으리까. 언니와 나도 그렇게 마음 놓고 실컷 자다가 아침 태양이 동창을 환히 비치게 된 후 겨우 눈을 비비고 일어난 것 같소." 하던 언니의 말이 인제 겨우 알아지는 것 같소. 아무려나 우리 앞에 각성의 웃음과 노력의 혈루를 뿌리며 부지런히 밟아 가는 언니가 있다 하면 그 얼마나 기쁘겠소?

시간이 촉박한데 어떻게 나를 기다려 달라 하겠고, 무슨 심사로 남 가는 것을 시기하겠소? 너 잘 가는 것이 내게도 영광이요, 나는 못 가더라도 너만 무사히 도착되어도 좋다. 허나 너무 달음질 말고 이따금 뒤 좀 돌아보아주오. 올라가지 못할 곳에는 손목도 좀 끌어주어야겠소. 다리가 아파 주저앉을 때 가야만 할 이유를 설명해주어야겠소.

믿건대 먼저 밟으시는 언니들이여! 푹푹 디디어 뚜렷이 발자취를 내어주시오. 좀체름하게 또 눈이 오더라도 그 발자국의 윤곽이나 남아 있도록. 깔려 있는 백설 위로도 만곡 요철이 보이건만 그 속에 묻혀 있는 탄탄대로는 보이지 않는구려.

다행히 누가 먼저 밟아 놓은 발자국을 따라 길을 찾게 되었소마는 그 사람도 몇 군데 헛디딘 자국이 있는 것을 보니 이 두터운 눈을 한 번 밟기도 시리거든, 그 사람은 길을 찾느라고 방황하기에 얼음도 밟게 되고 구렁이에도 빠지게 되었으니, 그 사람의 발은 꽁꽁 얼었을 것 같소. 동동 구르며 울지나 아니했는지 몹시 동정이 납디다.

그러나 그 발자국을 따라 반쯤 올라가서 그 사람의 간 길과 나 가고 싶은 길이 다르오그려. 나도 그 사람과 같이 두렵게 깔린 눈을 푹푹 디디어야만 하게 되었소. 차디찬 눈이 종아리에 가 닿을 때는 선득선득하고 몸에 소름이 쭉쭉 끼칩디다.

큰 돌멩이에 발부리도 채이고, 굵은 가시가 발바닥도 찌르오. 이렇게 벌써 걸음을 옮기기가 힘들어서야 언제 저기를 올라간단 말이오. 저기까지에는 넓은 호수의 스케이팅 터를 지나야 하겠소. 반질반질한 저 얼음 위로 이 장신을 신고 밟아가야만 하는구려. 저네들은 저렇게 날카로운 스케이트를 신고도 자유로 뛰어다니건마는 나는 암만해도 이 넓적한 신을 신고라도 한 걸음도 걷지 못하고 나자빠질 것 같소. 아무려나 미끄러져서 머리가 터질 각오로 밟아나 볼 욕심이오.

– 《학지광》, 1917년 3월

K언니에게 여(與)함

언니!

봄빛이 아름답다 함도 꽃봉오리가 뾰죽뾰죽 나올 때라든지 파르죽죽한 버들잎이 척척 늘어져 이따금 부는 경풍에 얌전히 흔들흔들하는 때, 복숭아꽃, 배꽃이 만발해 온 세상이 웃음과 같은 그런 때 말이지, 오늘과 같이 먹구름이 이리저리 몰리며 폭풍이 일어나 먼지 뭉텅이가 앞길을 탁탁 막아 정신을 차릴 수 없는 이러한 날에는 자연히 흉중이 요동되고 정신이 교란해지며 말할 수 없는 자아의 불평과 공포만 일어나오.

나도 처음에는 유리창의 덜그덕덜그덕 요동하는 소리며, 쨍쨍하던 볕이 갑자기 어둠침침해 오는 것이며, 늘어졌던 맑은 버들나무 가지가 꺾어지는 것을 장쾌하게도 생각하고 재미스럽게 보았소마는, 미구에 눈도 뜨지 못하고 숨도 쉬지 못할 광우 쏟아지는 때는 저렇게 춘색을 자랑하던 벚꽃이 속절

없이 산락하는 것이며, 일껏 동절 준비로 먹을 것을 물고 부지런히 걸어가던 개미가 하염없이 물에 밀려 나가는 것이며, 어미 닭 품에 안겨 구구 찍찍 하며 앞뜰에서 놀던 병아리 떼들이 일시 쫓겨 들어가는 것을 인정으로서 어찌 차마 보잔 말이오? 아아, 저렇게 자만스러이 직립한 전신주라든지 사시 청춘의 소나무에까지라도 미구에 전율적 대엄습이 닥칠 것을 생각하니 나는 벌써 장쾌하고 흥미스럽다던 것도 다 잊어버리게 되고 공포에 못 이기어 부지불각중에 진저리를 쳤소.

아, 나는 못생기게 엉엉 우는 것보다 이 위에 더 한 가지 지진이 일어나 가옥이 비칠비칠해지고 가구가 다 부서져 나가기 전에 어서 이렇게 조용히 앉아서 언니에게 끝까지 답장을 지어야만 할 좋은 계책을 찾았소.

언니! 언니의 편지보다 먼저 본국으로 온 S언니에게서 언니의 소식을 자세히 들었소. 들은 그 순간으로부터 어느 때든지 나는 언니의 그 적막한 경우와 모순의 고통, 번민이 오죽할까 하여 혼자 눈물을 흘린 적도 많소. 해서 미상불 그동안 여러 번 솜씨 없는 붓을 들은 적도 있었으나 지어 놓고 부치지도 않은 적도 있고, 혹은 쓰다가 찢어버린 적도 있소.

물론 언니에 대한 사랑이 범연함이었던 것이 아니라 도쿄

계실 때 언니 앞에서 고백한 것처럼 나는 비상히 언니를 존경하므로 혹시 불경이 될까 해 주저했던 것이오. 허나 지금에 이르러서는 이것이 도리어 불경이었던 것을 알게 되었소. 대개 이렇게 생각함은 제가 언니와 가장 동등인 듯이 자만했던 것 같소. 하므로 나는 언니에게 사과하는 동시에 언니보다 몇 층이 떨어진 것을 깨닫고 인제는 겸손하게 솜씨 없는 붓이라도 들어 어리광을 부리려 하나이다. 언니가 꾸지람을 하신다 하면 달게 받겠고, 언니의 지도가 계시다면 나는 춤추고 가겠삽나이다.

언니! 버릇없는 말이 있거든 넓은 마음으로 용서해주시고, 가다가 저촉되는 구절에는 눌러보아 주십시오.

S언니 편에 듣기에는 언니의 신경쇠약병이 중하다 하고, 언니는 조그마한 초가 단칸에서 어머니 모시고 지우도 없이 적막히 지내신다는구려. 퍽 고독하고 무력한 생활을 하시는 것같이 들었소. 그때 나는 마침 서양 요리를 먹고 벨벳 의자에 걸터앉은 귀족적 생활의 한 주인공이었소. 이러한 나로서 언니의 그러한 소식을 들을 때 얼마나 황송스러웠는지 모르겠소. 그래서 곧 벌떡 일어서서 생각했소. 그리고 언니의 병은 범인(凡人)의 병과 달라 장차 무슨 독창적 사색의 대원천

이 될 귀중한 병인 줄 알고, 언니의 그 적막한 생활 중에는 무슨 철저한 생명이 있는 줄 알고 믿고 안심해 오늘도 그 자줏빛 벨벳 의자에서 끝까지 기쁨으로 쓰려 하나이다.

언니 말씀과 같이 그것이 큰 어려운 문제예요. '명예와 사업', 특히 인제 겨우 눈을 뜨려는 조선 여자계에는 더구나 어려운 문제예요. "공부해서 사업하지." 물론 그럴 것이겠지요. 또 그렇게 되어야만 할 터이지요.

소학교 아동의 입에서라도 "공부해서 사업하지." 하는 말이 상투어가 되어버려 힘없이 쑥쑥 나옵니다. 소학교 아동은 아직 철이 아니 났거니와 급기 고등교육을 받은 여자의 입에서 나오는 것도 역시 무슨 소문같이 쑥쑥 나오는 것 같습디다. 자기 입에서 나오는 '공부해서 사업하지'의 의미를 안다 하면 물론 다행한 일이거니와, 만일 아무 의미 없이 남의 흉내를 낸다 하면 그 아니 가엾습니까.

언니보다 먼저 나도 욕보다 칭찬이 기쁨을 주는 줄도 알았소마는 욕도 참된 욕이 있고, 칭송도 무가치한 칭송이 있는 줄을 알았소. 그러면 금일의 20세기에 사는 자각한 사람에게는 무가치한 칭찬보다 가치 있는 욕이 귀하지 아니할까 해요.

욕 말이오? 그 계집이 활발하다, 그 여자 말도 많다, 건방지기도 하다, 남자와 교제가 많다……. 언니, 이 욕 말이오? 이 욕으로 해서 사업을 못 한단 말이오? 그럴 터이지요. 사업가에게는 신용이 유일의 생명일 터이니까 그러한 욕이 있으면 즉 신용을 잃게 된단 말이겠지요.

칭찬 말이오? 그 색시 탈 없이 잘 있다, 얌전하다, 말이 없다, 공손하다, 남자를 보면 잘 피한다……. 이 칭찬 말이오? 이 칭찬을 받는 여자는 신용이 있으니까 사업이 잘될 터이란 말이지요. 언니, 그럴까요?

남들의 욕과 칭찬은 이러하외다. 학문이 없다, 견식이 좁다, 용기가 없다, 기술이 부족하다……. 이런 욕을 먹습니다. 활발 영리하다, 웅변가다, 문장가다, 과학적 사상이 있고 철학과 이성을 가졌다……. 이런 칭찬을 듣는구려. 우리는 무의식중에 얌전을 부리나 남들은 의식으로 얌전을 부리고, 우리는 남의 흉내로 공손을 차리나 남들은 자각을 가지고 공손하는 것이외다. 우리는 남자를 원수같이 알고 남녀 양성 간은 육체로만 결합되는 줄 아는데 남들은 남자를 이해해 남성의 특징을 내가 취하기도 하고 여성의 장점을 그에게 자랑도 해 남녀 양성 간에 육(肉) 외에 영(靈)의 결합까지 있는 줄을 압니다.

언니! 그래도 이를까요? 우리가 알려 하고 하려 하는 것이 이를까요? 여자란 공순하게 낮추고 겸허하게 처신하라든지, 집에서는 아버지를 좇고 출가해 남편을 좇고 아버지가 죽으면 아들을 좇으라는 삼종지도로만 언제까지 여자의 전 생명을 삼을까요? 방구석에 들어앉아 삼시 밥만 파먹고 그대로 문지방 안에서 술래잡기하다가 늙어 죽던 그때 말이지. 오늘과 같이 방에서 마루까지 걸어 나와 대문까지 나온 우리로서 아이스크림도 맛보고 빵도 먹어본 우리로서 단테의 시니, 칸트의 철학이니, 평등이 어떻고 자유가 무엇이니 하는 우리로서는 이른 것보다 늦은 듯합니다.

언니! 먼저 언니 앞에 변명할 것이 있소. 그것은 내가 결코 언니가 말씀하는 "아직 실력이 없으니까 충분히 수양해서 그때 사업을 하지." 하심을 무시함이 아닌 것을 오해하지 말으소서 함이외다. 언니! 물론 그럴 터이지요. 또 그렇게 해야만 지각 있는 자의 행동일 터이지요. 서서히 충분한 수양으로 나아가야 할 터이지요. 나도 그렇게 하기를 절실히 원하는 바요. 그런데 언니의 편지 중 "여자는 허영심이 부(富)하오. 욕심이 많소. 이것이 큰 걱정이오." 하는 말씀에 큰 자극을 받았소이다. 그러나 "큰 걱정이오." 하는 말씀은 물론 언니는 그 경성 도로에 풀풀 날리는 삼팔주 치마라든지, 외뜩빼뜩하는 소랑 구두라든지, 뻰쩍뻰쩍하는 금가락지로 겉치레만 하고 속에는 아무것도 없는 그러한 여자를 한탄하신 것이겠지요.

그런데 누가 그래요? 어느 남자가 그래요? 여자는 허영의 결정체라고. 그러니까 여자는 열등한 동물이라고. 그래서 언니도 큰 걱정이라고 하신 것인가요?

그럴까요? 언니! 나는 허영이 있고 욕심이 있는 자라야 공부도 잘하고 대사업을 이루는 자라 하오. 나폴레옹이나 비스마르크에게 만일 성공이란 허영심과 위인 될 욕심이 없었던들 어찌 백천 년 후세를 전해 억만 사람이 뇌 속에 기억을 삼았으리까. 우리는 어서 남들이 주장하는 "인격 존중이니, 사람은 사람답게 이상의 반푼이라도 실현해야겠고, 또 사람다운 생활을 해야겠다."는 것을 바라볼 욕심도 내야겠고, 모방할 허영심도 많아져야 할 것이 아닐까요? 우리에게도 급한 대로 우선 몇 가지 욕심을 가진 후라야 사업을 할 수 있다 하오.

첫째는, 조선 여자도 사람이 될 욕심을 가져야겠소. 역사상으로 보면 고대 그리스에서는 신화 중 최대 세력을 가진 강한 신 제우스는 남성이라 하고, 그 곁에 모시는 신 헤라는 여신이라 했소. 대학자로 유명한 아리스토텔레스도 부인을 비열히 대접했을 뿐 아니라, 소크라테스도 자기 부인을 벗에게 빌린 일도 있고, 페리클레스도 자기의 처첩을 시민의 처첩과 교환한 일도 있다 하오. 그렇게 남존여비 제도가 동양보다 심했던 것이 로마 상고에 와서는 교육은 전부 가정에 있어서 부인을 훈도해 양호의 책임을 맡게 되고, 그 모(母)의 덕육으로 자녀 교육의 기초를 삼게까지 여자의 지위를 찾게 되었소.

중세의 기독교 전성시대에는 법률 제도는 물론이고 풍속 습관에 이르기까지 기독교의 틀로 표준을 삼았소. 〈에베소서〉에 "아내들이여, 자기 남편에게 복종하기를 주께 하듯 하라.", "남편들아, 아내 사랑하기를 그리스도께서 교회를 사랑하시고 위하여 자신을 주심같이 하라." 한 말씀도 있소. 또 이 온 세상 인류는 다 하느님의 아들과 딸이고 너희들은 서로 동포니라 하여 여자도 인격적 가치 있는 것으로 인정되었고, 여자의 지위는 사회에 있어서 크게 존경을 받게 되었소. 이같이 고대 그리스, 로마의 남존여비의 사상이 진화해 남녀동권이 되고 남자는 우월하고 여자는 열등하다는 제도가 개혁되어 남녀평등으로 여자의 지위가 변해가기 시작되었소.

여자도 남자와 같이 그 본성에는 조금도 다름이 없다는 사상이 더욱 심오하게 된 것은 누구나 다 아는 바와 같이 문예부흥 시대로부터 현대에 이르기까지요.

"남자가 이해할 수 있는 모든 일을 여자도 능히 이해할 수 있다. 이로 추리해볼진대 여자의 본성적 이론, 즉 심리적 작용에는 조금도 남자와 다름이 없다. 일용의 직분에 이르러서는 혹 차별이 생길는지 모르겠다. 여자들아! 껍데기만 살지 말고 영혼이 있을지어다." 절규함이 20세기 여자의 무대요. 언니! 우리 조선 여자도 이 무대상에 참석할 욕심을 가져야 할 줄 알아요. 루소의 말이 "나는 학자와 장군을 만드는 것보다 먼저 사람을 만들겠다." 했다 하오. 내가 여자요. 여자가 무엇인지 알아야겠소. 내가 조선 사람이오. 조선 사람이 어떻게 해야 할 것을 알아야겠소.

둘째는, 자기 소유를 만들려는 욕심이 있어야겠소. "어느 장소에서든지 주인이 된다면 모든 것이 참될 것이다."란 진리도 있소. 우리는 일시에 중국의 '天' 자와, 일본의 'ア'(아) 자와 서양의 'A' 자를 배우게 되었소. 우리가 항용 부르는 일본의 '야마도 다마시(大和魂)'가 무엇이오? 일본은 남의 문

화를 수용하되 일본화하는 것이오. 일본 사람은 외적 자극을 받아 내적 조직을 만드는 것이오. 우리도 배우는 학문을 내 소유로 만들어야겠소. 조선화시킬 욕심을 가져야 하겠소.

셋째는, 활동할 욕심을 가져야겠소. 새커리가 말하기를, "친절한 충고 줄 기회를 잃지 마시오. 고인이 내 경작지에 빈 땅 있는 것을 볼 때마다 호주머니에서 씨앗 하나를 꺼내어 손끝으로 파서 심는 것같이 당신네들도 일생 중에 친절한 충고 줄 기회가 있거든 잃지 마시오. 씨앗 하나가 아무 가치가 없는 듯하나 그 후 어느 때는 큰 나무가 될 것이오." 한 말이 생각나오. "움직이는 자여, 실패 있음을 각오하라." 했다 하오. 옳소. 실패와 성공은 평행되는 줄 아오. 활동하는 자에게는 실패와 성공의 결과가 있을 것이요, 그 속에는 승리와 희생이 있을 것이오.

언니! 어떨까요? 우리는 메리 울스턴크래프트와 같은 큰 여자 교육자가 못 되란 법 어디 있겠소? 롤랑 부인과 같이 광란노도의 희생을 못 할 리 어디 있겠소? 탐험하는 자가 없으면 그 길은 영원히 못 갈 것이오. 우리가 욕심을 내지 아니하면 우리 자손들을 무엇을 주어 살리잔 말이오? 우리가 비난을 받지 않으면 우리의 역사를 무엇으로 꾸미잔 말이오?

다행히 우리 조선 여자 중에 누구라도 가치 있는 욕을 먹는 자가 있다 하면 우리는 안심이오. 이 여자는 우리가 갈망하는 사업가라 하겠소. 우리가 배우지 못한 공부를 많이 한 자라 하겠소.

언니! 어서 공부해서 사업합시다.

뇌정벽력을 하오. 광우가 쏟아지오. 자만하게 직립했던 전신주도 조르르 흘렀소. 우리 집에서는 장독소래기를 치우느라고 허둥지둥 야단들이오. 아직도 때가 있는 것같이 느린 걸음으로 걸어가던 행인들은 저렇게 좌우 길을 방황하며 어찌할 줄 몰라 쩔쩔매오. 자동차, 마차가 휙휙 지날 때마다 부럽고 한심스러워 곧 두 눈이 벌컥 뒤집힐 것도 같소.

어느덧 지진까지 일어나오. 온 집이 흔들리오. 아이구 이를 어찌하오? 어디로 피해야 산단 말이오? 속절없이 이렇게 죽을 생각을 하니 눈물이 하염없이 옷깃을 적시오. 아아! 아무데나 나갔다가 벼락을 맞아 죽든지 진흙에 미끄러져 망신을 당하든지 나가볼 욕심이오. 당장 이 쓰러져 가는 집을 떠나기 위해 비옷을 차리려고 쓰던 글을 그만두오.

– 《학지광》, 1917년 7월

더 단단히 살아갈 길

모(母) 된 감상기

이러한 심야 아까처럼 만사를 잊고 곤한 춘몽에 잠겼을 때 돌연히 옆으로 잠잠한 밤을 깨뜨리는 어린아이의 울음소리가 벼락같이 난다. 이때 내 영혼은 꽃밭에서 동무들과 끊임없이 웃어 가며 '평화'의 노래를 부르다가 참혹히 쫓겨났다. 나는 벌써 만 1년간을 두고 하루도 거르지 않고 매일 밤에 이러한 곤경을 당해오므로 이렇게 "으아." 하는 첫소리가 들리자 "아이고, 또." 하는 말이 부지불각중 나오며 이맛살이 찌푸려졌다. 나는 어서 속히 면하려고 신식 차려 정하는 규칙도 집어치우고 젖을 대주었다. 유아는 몇 모금 꿀떡꿀떡 넘기다가 젖꼭지를 으르르 놓고 쌔쌔하며 깊이 잠이 들었다. 나는 비로소 시원해서 돌아누우나 잠은 벌써 서천서역국으로 속히 멀리 갔다. 그리하여 다만 방 한가운데에 늘어져 환히 켜 있는 전등을 향해 눈방울을 자주 굴릴 따름, 과거의 학창 시대로부터 현재의 가정생활, 또 미래는 어찌 될까, 이렇게 인생에 대한 큰 의문, 그것에 대한 내 무식한 대답, 그로부터 시작했으나 필경은 재미롭게 밤을 새우는 것이 병적으로 습관성이 되다시피 했다.

정직히 자백하면 내가 전에 생각하던 바와 지금 당하는 사실 중에 모순되는 일이 한두 가지가 아니나 어느 틈에 내가 아내가 되고 모(母)가 되었나 생각하면 확실히 꿈속 일이다. 내가 때때로 말하는 "공상도 분수가 있지!" 하는 간단한 경탄어가 만 2년간 사회에 대한, 가정에 대한 다소의 쓴맛 단맛을 맛본 나머지의 말이다. 실로 나는 재릿재릿하고 부르르 떨리며 달고 열나는 사랑의 꿈은 꾸고 있었을지언정 그 생활에 사사로이 간직한 반찬 걱정, 옷 걱정, 쌀 걱정, 나무 걱정, 더럽고 게으르고 속이기 좋아하는 하인과의 싸움으로부터 접객에 대한 범절, 친척에 대한 의리, 일언일동이 모두 남을 위해 살아야 할 가정이란 것이 있는 줄 뉘 알았겠으며, 더구나 빨아 댈 새 없이 적셔 내놓는 기저귀며, 주야 불문하고 단조로운 목소리로 깨깨 우는 소위 자식이라는 것이 생겨 내 몸이 쇠약해지고, 내 정신이 혼미해져서 "내 평생소원은 잠이나 실컷 자보았으면." 하게 될 줄이야 뉘라서 상상이나 했으랴.

그러나 불평을 말하고 싶은 것보다 인생에 대해 의문이 자라가며, 후회를 하는 것이 아니라 남보다 더 한 가지 맛을 봄을 행복으로 안다. 그리하여 내 앞에는 장차 더한 고통, 더한 희망, 더한 낙담이 있기를 바라며, 그것에 지지 않을 만한 수양과 노력을 일삼아 가려는 동시에 나의 대명사인 '딸 나열의 모(母)'는 '모 될 때'로 '모 되기'까지의 있는 듯 없는 듯한 이상한 심리 중에서 '있었던 것을' 찾아 여러 신식 모님들께 "그렇지 않습니까, 아니 그랬지요?"라고 묻고 싶다.

재작년, 즉 1920년 9월 중순경이었다. 그때 나는 경성 인사동 자택 2층에 누워 내객을 사절했다. 나는 원래 평시부터 호흡 불순과 소화불량이 있으므로 별로 걱정할 것도 없었으나, 이상스럽게 구토증이 생기고 촉감이 예민해지며 식욕이 부진할 뿐 아니라 싫고 좋은 음식 선택 구별이 너무 정확해졌다. 그래서 언젠지 철없이 그만 불쑥 증세를 말했더니 옆에 있던 경험 있는 부인이 "그것은 태기요." 하는 말에 나는 깜짝 놀라 내놓은 말을 다시 주워 들이고 싶었다. 그러나 내가 과연 부끄러워서 그랬던 것도 아니요, 몰랐던 것을 그때 비로소 알게 된 것도 아니었다. 그러나 이로부터 나는 먹을 수 없는 밥도 먹고 할 수 없는 일도 해 참을 수 있는 대로 참아가며, 그

후로는 '그 말'은 일절 입 밖에 내지 않고 어찌하면 그네들로 의심을 풀게 할까 하는 것이 유일의 심려였다. 그러나 증세는 점점 심해져서 이제는 참을 수도 없으려니와 참고 말 아니 하는 것으로만은 도저히 그네들의 입을 틀어막을 방패가 되지 못했다. 그러나 그래도 싫다. 한 사람 더 알아질수록 정말 싫다. 마침내 마음으로 '그런 듯' 하게 몽상하는 것을 그네들 입으로 '그렇게' 구체화하려고 하는 듯싶었다. 어쩌면 그다지도 몹시 밉고 싫고 원망스러웠던지! 그리하여 이것이 혹시 꿈속 일이나 되었으면! 언제나 속히 이 꿈이 반짝 깨어 "도무지 그런 일 없다."해질꼬? 아니 그럴 때가 꼭 있겠지 하며 바랄 뿐 아니라 믿고 싶었다. 그러나 미구에 믿던 바 꿈이 조금씩 깨져 왔다. "도무지 그럴 리 없다."고 고집을 세울 용기는 없으면서도 아직까지도 '아이다.', '태기다.', '임신이다.'라고 꼭 집어내기는 싫었다. 그런 중에 뱃속에서는 어느덧 무엇이 움직거리기 시작하는 것을 깨달은 나는 몸이 오싹해지고 가슴에서 무엇인지 떨어지는 소리가 완연히 탕 하는 것같이 들려왔다.

나는 무슨 까닭인지 몰랐다. 모든 사람의 말은 나를 저주하는 것 같고 바람에 날려 들리는 웃음소리는 나를 비웃는 것

같았다. 탕탕 부딪고 엉엉 울고도 싶었고, 내 살을 꼬집어 뜯어 줄줄 흐르는 빨간 피를 또렷또렷 보고도 싶었다. 아아, 기쁘기는커녕 수심에 쌓일 뿐이요, 우습기는커녕 부적부적 가슴을 태울 뿐이었다. 책임 면하려고 시집가라 강권하던 형제들의 소행이 괘씸하고, 감언이설로 "너 아니면 죽겠다." 해 결국 제 성욕을 만족하게 하던 남편은 원망스럽고, 한 사람이라도 어서 속히 생활이 안정되기를 희망하던 친구님네, "내 몸 보니 속시원하겠소." 하며 들이대고 싶을 만큼 악만 났다. 그때 내 둔한 뇌로 어찌 능히 장차 닥쳐오는 고통과 속박을 추측했을까. 나는 다만 여러 부인들께 이러한 말을 자주 들어왔을 뿐이었다. "여자가 공부는 해서 무엇하겠소. 시집가서 아이 하나만 낳으면 볼일 다 보았지!" 하는 말을 할 때마다 나는 언제나 코웃음으로 대답할 뿐이요, 들을 만한 말도 되지 못할 뿐 아니라 그럴 리 만무하다는 신념이 있었다. 이것은 공상이 아니라 구미 각국 부인들의 활동을 보든지, 또 제일 가까운 일본에도 요사노 아키코는 10여 인의 모(母)로서 매달 논문과 시가 창작으로부터 그의 독서하는 것을 보면 확실히 '아니 하려니까 그렇지? 다 같은 사람, 다 같은 여자로 하필 그 사람에게만 이런 능력이 있으랴.' 싶은 마음이 있어 아무리 생각해보아도 내가 잘 생각한 것 같았다. 그리하여 그런 말을 하는 부인들이 많을수록 나는 더욱 부인하고 결국 나는 그네들 이상의 능력이 있는 자로 자처하면서도 언제든지 꺼림칙한 숙제가 내 뇌 속에 횡행했다. 그러나 그 부인들은 이구동언으로 "네 생각은 결국 공상이다. 오냐, 당해보아라. 너도 별 수 없지." 하며 내 의견을 부인했다. 과연 연전까지 나와 같이 앉아서 부인네를 비난하며, "나는 그렇게 아니 살 터이야." 하던 고등교육 받은 신여성들을 보아도 별다른 것 보이지 아닐 뿐이라, 구식 부인들과 같은 살림으로 1년, 2년 예사로 보내고 있다는 것을 보면 아무리 전에 말하던 구식 부인들은 신용할 수 없더라도 이 신부인의 가정만은 신용하고 싶었다. 그것은 결코 개선할 만한 능력과 지식과 용기가 없지 않다. 그러면 누구든지 시집가고 아이 낳으면 그렇게 되는 것인가? 되지 않고는 아니 되나?

그러면 나는 그 고뇌에 빠지는 초보에 서 있다. 마치 눈 뜨고 물에 빠지는 격이었다. 실로 앞이 캄캄해올 때 하염없이 눈물이 흘렀다. 그리하여 세상일을 잊고 단잠에 잠겼을 때라도 누가 곁에서 바늘 끝으로 찌르는 것같이 별안간 깜짝 놀라 깨어졌다. 이러한 때는 체온이 차졌다 더워졌다, 말랐다 땀

이 흘렀다 해 조바심이 나서 마치 저울에 물건을 달 때 접시에 담긴 것이 쑥 내려지고 추가 훨씬 오르는 것같이 내 몸은 부쩍 공중으로 떠오르고 머리는 천근만근으로 무겁게 축 처져버렸다.

너무나 억울했다. 자연이 광풍을 보내사 겨우 방긋한 꽃봉오리를 참혹히 꺾어버린다 하면 다시 누구에게 애처로이 기원할 곳이 있으리오마는, 그래도 설마 '자연' 만은 그럴 리 없을 듯해 애원하고 싶었다. '이렇게 억울하고 원통한 일도 또 있겠느냐!' 고.

나는 할일이 많았다. 아니 꼭 해야만 할 일이 부지기수다. 게다가 내 눈이 겨우 좀 뜨이려고 하는 때였다. 예술이 무엇이며, 어떠한 것이 인생인지, 조선 사람은 어떻게 해야 하겠고, 조선 여자는 이리 해야만 하겠다는 것을. 이 모든 일이 결코 타인에게 미룰 것이 아니라 내가 꼭 해야 할 일이었다.

그것은 의무나 책임 문제가 아니라 사람으로 생겨난 본의라고까지 나는 겨우 좀 알아왔다. 동시에 내 과거 20여 년 생애는 모든 것이 허위요, 나태요, 무식이요, 부자유요, 허영의 행동이었다고 생각했다. 나는 전문학교까지 졸업했다 하나 남이 알까 보아 겁나도록 사실 허송세월의 학창 시절이었고,

결국 유명무실의 몰상식을 면할 수 없는 몸이 되었다. 인생을 비관하며 조선 사람을 저주하고 조선 여자에게 실망했다. 쓸데없이 부자유의 불평을 주창했으며, 오늘 할일을 내일로 미루어버리는 일이 많았다. 나는 내게서 이런 모든 결점을 찾아낼 때 조금도 유망한 아무 장점이 보이지 않았다. 그러나 내게는 유일무이한 사랑의 힘이 옆에 있었었고, 또 아직 20여세 소녀로 앞길의 요원한 세월과 시간이 내 마음껏 살아가기에 너무나 넉넉했다. 이와 같이 내게서 넘칠 만한 희망이 생겼다. 터지지 않을 듯한 딴딴한 긴장력이 발했다. 전 인류에게 애착심이 생기고, 동포에 대한 의무심이 나며, 동류에 대한 책임이 생겼다. 이때와 같이 작품을 낸 적이 없었고, 이때와 같이 독서를 한 일이 짧은 생애이나마 과거에 한 번도 없었다. 나는 이 마음이 더 견고해질지언정 약해질 리는 만무하고, 내 희망이 새로워질지언정 고정될 리 만무하리라 꼭 신앙하고 있었다. 즉 내가 갈 길은 지금이 출발점이라고 했다. 더구나 내게는 이러한 버리지 못할 공상이 있어서 나를 많이 도와주었다. 내가 불행 중 다행으로 반년 감옥 생활 중에 더할 수 없는 구속과 보호와 징역과 형벌을 당해 가면서라도 옷자락을 뜯어 손톱으로 편지를 써서 운동 시간에 내던진 갖은 기묘한 일이 많았던 조그마한 경험상으로 보아, "사람이 하려고 하는 마음만 있으면 별 힘이 생기고 못 할 일이 없다."고. 이것만은 꼭 맛보아 얻은 생각으로 잊을 수 없이 내 생활 전체를 지배하고 있었다. 내 독신 생활의 내용이 돌변함도 이 까닭이었다. 지금까지는 아직 그 마음이 있지만. 그와 같이 나는 희망과 용기 가운데에서 펄펄 뛰며 살아갈 때였다.

여러분은 인제 나를 공평정대히 심판하실 수 있겠다. 참 정말 억울했다. 이 모든 희망이 없어지는 것이 원통했다. 이때 마음에는 세속 자살의 의미보다 이상의 악착하고 원한의 자살을 결심했다. 어떻게 저를 죽이면 죽는 제 마음까지 시원할까 했다.

생의 인연이란 참 이상스러운 것이다. 나는 이 중에서 다시 살아갈 희망이 났다. '설마 내 뱃속에 아이가 있으랴. 지금 뛰는 것은 심장이 뛰는 것이다. 나는 조금도 전과 변함없이 넉넉한 시간에 구속 없이 돌아다니며 사생도 할 수 있고 책도 볼 수 있다.' 고 생각할 때 나는 불만스러우나마 광명이 조금 보였다. 그러나 이와 같이 침착하게 정리되었던 내 속에서 어느덧 모든 것이 하나씩 둘씩 날아가버리고, 내 속은 마치 고목의 속 비고 살아 있는 듯 나는 텅 비어 공중에 떠 있고, 내 생명은 다만 혈액순환에다가 제 목숨을 맡겨버렸다.

지금 생각건대 하느님께서는 꼭 나 하나만은 살려보시려고 퍽 고생을 하신 것 같다. 그리하여 내게는 전생에서부터 너는 후생에 나가 그렇게 살지 말라는 무슨 숙명의 상급을 받아 나온 모양 같다. 왜 그러냐 하면 나는 그중에서도 무슨 책을 보았다. 그러나 어느 날 심야에 책을 읽다가 깜짝 놀라서 옆에 곤히 자던 남편을 깨워 임신 이래의 내 심리를 말하고, 나를 두 달간만 도쿄에 다시 보내주지 않으면 나는 다시 살아날 방책이 없다고 한즉 고마운 그는 기꺼이 들어주었다. 그 순간에 '저와 같이 고마운 사람과 아무쪼록 잘 살아야지.' 라는 내게는 예상하지 못했던 이중 기쁨이 생겼다.

나는 이상스럽게도 몽상의 세계에서 실제의 세계로 껑충 넘어 뛴 것 같았다. 아니, 뛰어졌다. 이 두 세계의 경계선을 정확히 갈라 밟은 때는 내가 회당에서 목사 앞에서 이성에 대해 공동 생애를 언약할 때보다 오히려 이때였다. 나는 비로소 시간 경제의 타산이 생겼다. 다른 것은 다 예상하지 못하더라도 아이가 나오면 적어도 제 시간의 반은 그 아이에게 바치게 될 것쯤이야 추측할 수 있었다. 그리하여 1분이라도 내게 족할 때 전에 허송한 것을 조금이라도 보충할까 하는 동기였다.

그러므로 내 도쿄행은 비교적 침착했고 긴장해 1분 1각을 아껴 전문 방면에 마음을 집중했다. 과거 4, 5년간의 유학은 헛것이요, 내가 도쿄에 가서 공부를 했다고 말하려면 오직 이 두 달간뿐이었다. 내게는 지금도 그때의 인상밖에 남은 것이 없다. 그러나 나는 동창생 중에 미혼자를 보면 부러웠고 더구나 활기 있고 건강한 그들의 안색, 그들의 체격을 볼 때 밉고 심사가 났다. 이렇게 수심에 싸인 남모르는 슬픔 중에 어느 동무는 아직 내가 출가하지 않은 줄 알고 "나 씨도 애인이 있어야지요?" 하고 놀렸다. 나는 어물어물 "예." 하고 대답은 하면서 속으로 '나는 벌써 연애의 출발점에서 자식의 표지에 도달한 자다.' 라고 했다. 어쩐지 저 처녀들과 좌석을 같이 할 자격까지 잃은 몸 같기도 했다. 그들의 천진난만한 것이 어찌나 부럽고 탐이 나던지, 무슨 물건 같으면 어떠한 형벌을 당하든지 도적질할지 몰랐을 것이다. 나는 이와 같이 내가 처녀 때 기혼한 부인을 싫어하고 미워하던 감정을 도리어 내 자신이 받게 되었다. 그러나 그럭저럭 나는 벌써 임신 6개월이 되었다.

그러면 입으로는 "사람이 무엇이든지 아니 하려니까 그렇지 안 될 것이 없다."고 하면서 아이 하나쯤 생긴다고 무슨 그다지 걱정될 것이 있나, 몇 자식이 주렁주렁 매달릴수록 그 중에서 남 못하는 일을 하는 것이 자기 말의 본의가 아닌가? 그러나 먼저 나는 어떠한 세계에서 살았다는 것을 좀 더 말할 필요가 있다.

나는 실로 공상과 이상 세계에서 살아온 자였다. 하므로 실세계와는 마치 동서양이 현격하게 다른 것과 같이, 아니 그보다도 더 멀고 멀어서 나와 같은 자는 도저히 거기까지 가볼 것 같지도 못했다. 남들 보기에는 내가 벌써 결혼 세계로 들어설 때가 곧 실제 세계의 절반까지 온 것이었다. 그러나 내 심리도 그렇지 않았고 결혼 생활의 내용도 역시 공상과 이상 속에서 살아왔다. 원래 내가 남의 처가 되기 전에는 그 사실을 퍽도 무섭고 어렵게 생각했다. 그리하여 나 같은 자는 도무지 남의 처가 되어볼 때가 생전 있을 것 같지 아니했다. 그러던 것이 자각이나 자원보다 우연한 기회로 타인의 처가 되고 보니 결혼 생활이란 너무나 쉬운 일 같았다. 결혼 생활을 싫어하던 첫째 조건이던 공상 세계에서 떠나기 싫은 것도 웬일인지 결혼한 후는 그 세계의 범위가 더 넓고 커질 뿐이었다. 그러므로 독신 생활을 주창하는 것이 너무 쉽고도 어리석어 보였다. 또 결혼 생활을 회피하던 두 번째로 '구속받을 터이니까.' 하던 것이 무슨 까닭인지 별안간에 심신이 매우 침착해져 온 세계 만물이 내 앞에서는 모두 굴복을 하는 것 같고 조금도 구속될 것이 없었다. 이는 내가 결혼 생활 후 세 달간에 경성 시가를 일주한 것이며, 겸해 학교에 매일 출근했고, 또 열 나고 정 있는 작품이 수십 개 된 것으로 충분히 증거를 삼을 수 있다. 그렇게 된 그 사실이 즉 실세계라 할는지 모르겠으나 나는 도저히 공상과 이상 세계를 떠나고서는 이러한 정력이 계속될 수 없을 줄 알며, 이러한 신비적 생활을 할 수 없었으리라고 확신하는 바다. 그러나 여기까지 이르러서도 모가 될 생각은 꿈에도 없었다. 혹 생각해본 일이 있었다 하면 부인 잡지 같은 것을 보고 난 뒤에 잠깐 꿈같이 그려보았을 뿐이었다. 그리하여 처가 되어볼 꿈을 꿀 때는 하나에서 둘, 둘에서 셋, 그렇게 힘들지 않게 요리조리 배치해볼 수 있었으나 모 될 꿈을 꿀 때는 하나가 나서고, 한참 있다 둘이 나서며, 그 다음 셋부터는 결코 나서지 않으리라. 그리되면 더 생각해볼 것도 아니 하고 떠오르던 생각은 싹싹 지워버렸다. 그러나 다른 것으로 이렇게 답답하고 알 수 없을 때 내가 비관해 몸부림치던 것에 비하면 너무 태연했고 너무 낙관적이었다. 이와 같이 나로부터 '모'의 세계까지는 숫자로 계산

할 수 없을 만한 멀고 먼 세계였다. 실로 나는 내 눈앞의 무궁무진한 사물에 대해 배울 것이 하도 많고 알 것이 너무 많았다. 그리하여 그 멀고 먼 딴 세계의 일을 지금부터 끄집어내는 것이 너무 부끄럽고 염치없을 뿐 아니라 필요하지 않은 일로 알았다. 그러므로 행여 그런 쓸데없는 것이 나와 내 뇌를 해롭게 할까 하여 조금 눈치가 보이는 듯만 해도 어서 속히 집어치웠다. 그러면 내가 주장하는 그 말은 허위가 아니냐고 비난할 수 있을는지 모르겠다. 과연 모순된 일이었다. 그러나 생각해보면 당연한 일이 아닐까도 싶다. 즉 지식이나 상상쯤 가지고서는 알아낼 수 없던 사실이 있다. 다시 말하면 이것이 사랑의 필연이요, 불임의 혹 우연의 결과로 치더라도 우리 부부간에는 자식에 대한 욕망, 부모 되고자 하는 욕심이 없었다.

나는 분만기가 닥쳐올수록 이러한 생각이 났다. '내가 사람의 모가 될 자격이 있을까? 그러나 있기에 자식이 생기는 것이지.' 하며 아무리 이리저리 있을 듯한 것을 끌어보니 생리상 구조의 자격 외에는 겸사가 아니라 정신상으로는 아무 자격이 없다고 하는 수밖에 없었다. 성품이 조급해 조금조금씩 자라가는 것을 기다릴 수 없을 듯도 싶고, 과민한 신경이 늘

고독한 것을 찾기 때문에 무시로 빽빽 우는 소리를 참을 만한 인내성이 있을 것 같지 않았다. 더구나 지각이나 상식이 없으니 무엇으로 그 아이에게 숨어 있는 천분과 재능을 틀림없이 열어 인도할 수 있을 것이며, 또 만일 먹여주는 남편에게 불행이 있다 하면 나와 그 두 몸의 생명을 어찌 보존할 수 있을까. 그리고 내 그림은 점점 불충실해지고 독서는 시간을 얻지 못할 것이다. 다시 말하면 나는 내 자신을 교양해 사람답고 여성답게, 그리고 개성적으로 살 만한 내용을 준비하려면 썩 침착한 사색과 공부와 실행을 위한 허다한 시간이 필요했다. 그러나 자식이 생기고 보면 그러한 여유는 도저히 있을 것 같지도 않으니 아무리 생각해도 내게는 군일 같았고, 내 개인적 발전상에는 큰 방해물이 생긴 것만 같았다. 이해와 자유의 행복 된 생활을 두 사람 사이에 하게 되고, 다시 얻을 수 없는 사랑의 창조요 구체화요 해답인 줄 알면서도 마음에서 솟아오르는 행복과 환락을 느낄 수 없는 것이 어찌나 슬펐는지 몰랐다.

나는 자격 없는 모 노릇하기에는 너무 양심이 허락하지 아니했다. 자식에게 죄악을 짓는 것 같았다. 그리고 인류에게 면목이 없었다. 그렇게 생각다 못해 필경 유산이라도 해버리겠다고 생각해보았다. 법률상 도덕상으로 나를 죄인이라 하여 형벌하면 받을지라도 조금도 뉘우칠 것이 없을 듯싶었다. 그러나 이것은 실제로 당했을 때 순간적으로 일어나는 추악감에 불과했고, 두 개의 인격이 결합했고 사랑이 융화한 자타의 존재를 망각할 만큼 영육이 절대의 괴로운 경지 앞에 섰을 때 능히 추측할 수 없는 망상에 불과했다고 나는 정신을 수습하는 동시에 깨달았다. 이는 다만 내 자신을 모멸하고 두 사람에게 모욕을 줄 뿐인 것을 진실로 알고 통곡했다. 좀 더 해부적으로 말하자면 나는 항상 개인으로 살아가는 부인도, 중대한 사명이 있는 동시에 종족으로 사는 부인의 능력도 위대하다는 이지와 이상을 가졌으며, 그리하여 성적 방면으로 먼저 부인을 해방함으로 말미암아 부인의 개성이 충분히 발현될 수 있고 또 그것은 진리라고 말하던 것과는 너무 모순이 크고 충돌이 심했다.

내게 조금 자존심이 생기자 불안하고 두려운 마음이 불 일듯 솟아올라 왔다. 동시에 반드시 요구하는 조건이 생겼다. 이왕 자식을 날 지경이면 보통이나 혹 보통 이하의 것을 낳고는 싶지 않았다. 보통 이상의 아름다운 얼굴에 마력을 가진 표정이며, 얻을 수 없는 천재이며, 특출한 개성으로 맹진할 만한 용감을 가진 소질을 구비한 자를 낳고 싶었다. 그러면 아들이냐? 딸이냐? 무엇이든지 상관없다. 그러나 남자는 제 소위 완성자가 많다 하니 딸을 하나 낳아서 내가 못 해본 것을 한껏 시켜보고 싶었다. 한 여자라도 완성자를 만들어보고 싶었다. 그러하면 만일 딸이 나오려거든 좀 더 구비해서 나오너라고 진심으로 축하했다. 그러나 낙심이다, 실망이다. 내 뱃속에 있는 것은 보통은 고사하고 불구자다, 병신이다. 뱃속에서 뛰노는 것은 지랄을 하는 것이요, 낳으면 미친 짓하고 돌아다닐 것이 눈앞에 암암하다. 이것은 내 죄다. 임신 중에는 웃고 기뻐해야 한다는데 항상 울고 슬퍼했으며, 안심하고 숙면해야 좋다는데 부절한 번민 중에서 불면증으로 지냈고, 자양품을 많이 먹어야 한다는데 식욕이 부진했다. 그렇게 갖은 못된 태교만 모조리 했으니 어찌 감히 완전한 아이가 나오기를 바랄 수 있었으리오. 눈이 삐뚜로 박혔든지 입이 세로로 찢어졌든지 허리가 꼬부라졌든지 그러한 악마 같은 것이 나와서 '이것이 네 죗값이다.' 라고 할 것 싶었다. 몸소름이 쭉 끼치고 사지가 벌벌 떨렸다. 이러한 생각이 깊어갈수록 정신이 아뜩하고 눈앞이 캄캄해져 왔다. 아아, 내 몸은 사시나무 떨 듯 떨렸다.

그러나 세월은 빠르기도 하다. 한 번도 진심으로 희망과 기쁨을 느껴보지 못한 동안에 어느덧 만삭이 당도했다. 참 천만의외에 기이한 일이 있었다. 이 사실만은 꼭 정말로 알아주기를 바란다. 그 이듬해 4월 초순경이었다. 남편은 외출해 없고 두 칸 방 중간 벽에 늘어져 있는 전등이 전에 없이 밝게 비춘 온 세상이 잠든 듯한 고요한 밤 12시경이었다. 나는 분만 후 영아에게 입힐 옷을 백설 같은 가제로 두어 벌 말라서 꿰매고 있었다. 대중을 할 수가 없어서 어림껏 조그마한 인형에게 입힐 만하게 팔 들어갈 데 다리 들어갈 데를 만들어서 방바닥에다 펴 놓고 보았다. 나는 부지불각중에 문득 기쁜 생각이 넘쳐 올랐다. 일종의 탐욕성인 불가사의한 희망과 기대와 환희를 느끼게 되었다. 어서 속히 나와 이것을 입혀보았으면 얼마나 고울까, 사랑스러울까. 곧 궁금증이 나서 못 견디겠다. 진정으로 그 얼굴이 보고 싶었다. 그렇게 만든 옷을 개켰다 폈다 놓았다 만졌다 하고 기뻐 웃고 있었다. 남편이 돌아와 내 안색을 보고 그는 같이 좋아하고 기뻐했다. 두 사람 사이에는 무언중에 웃음이 밤새도록 계속되었다. 이는 결코 내가 일부러 기뻐하려 했던 것이 아니라 순간적 감정이었다. 이것만은 역설을 가하지 않고 자연성 그대로를 오래 두고 싶다. 임신 중 한 번도 없었고 분만 후 한 번도 없는 경험이었다.

그달 29일 오전 2시 5분이었다. 내가 지금까지 갖은 병 앓아보던 아픔에 비할 수 없는 고통을 근 10여 시간 겪어 거진 기진했을 때 이 세상이 무슨 그다지 볼 만한 곳인지 구태여 기어이 나와서 "으앙으앙" 울고 있었다. 그때 나는 몇 번이나 울었는지, 산파가 어떻게 하며 간호부가 무엇을 하고 있는지 도무지 모르고, 시원한 것보다 아팠던 것보다 무슨 까닭 없이 대성통곡했다. 다만 서러울 뿐이고 원통할 따름이었다. 그 후는 병원 침상에서 스케치북에 이렇게 쓴 것이 있다.

아프데 아파
참 아파요 진정
과연 아프네
푹푹 쑤신다 할까
씨리씨리다 할까
딱딱 결린다 할까
쿡쿡 찌른다 할까
따끔따끔 꼬집는다 할까
찌르르 저리다 할까

깜짝깜짝 따갑다 할까

이렇게 아프다나 할까

아니다 이도 아니라.

박박 뼈를 긁는 듯

쫙쫙 살을 찢는 듯

빠짝빠짝 힘줄을 옥이는 듯

쪽쪽 핏줄을 뽑아내는 듯

살금살금 살점을 저미는 듯

오장이 뒤집혀 쏟아지는 듯

도끼로 머리를 바수는 듯

이렇게 아프다나 할까

아니다 이도 또한 아니라.

조그맣고 샛노란 하늘은 흔들리고

높은 하늘 낮아지며

낮은 땅 높아진다

벽도 없이 문도 없이

통하여 광야 되고

그 안에 있는 물건

쌩쌩 돌다가는

어쩌면 있는 듯

어쩌면 없는 듯

어느덧 맴돌다가

갖은 빛 찬란하게

그리도 곱던 색에

매몰히 씌워주는

검은 장막 가리우니

이내 작은 몸

공중에 떠 있는 듯

구석에 끼여 있는 듯

침상 알에 눌려 있는 듯

오그라졌다 펴졌다

땀 흘렸다 으으으 추웠다

그리도 괴롭던가!

그다지도 아프던가!

차라리

펄펄 뛰게 아프거나

쾅쾅 부딪게 아프거나

끔벅끔벅 기절하듯 아프거나

했으면

무어라 그다지

10분간에 한 번

5분간에 한 번

금세 목숨이 끊일 듯이나

그렇게 이상히 아프다가

흐리던 날 햇빛 나듯

반짝 정신 상쾌하며

언제나 아팠는 듯

무어라 그렇게

갖은 양념 가하는지

맛있게도 아파야라.

어머님 나 죽겠소,

여보 그대 나 살려주오

내 심히 애걸하니

옆에 팔짱끼고 섰던 부군 "참으시오." 하는 말에

"이놈아 듣기 싫다."
내 악 쓰고 통곡하니
이내 몸 어이타가
이다지 되었던고.

분만 후 24시간이 되자 산파는 갓난아이를 다른 침대에서 담쑥 안아다가 예사로이 내 옆에다가 살며시 뉘이며 "인젠 젖을 주어도 좋소." 한다. 나는 깜짝 놀라 "응? 무엇?" 하며 물으니까 그녀는 생긋 웃으며, "첫 애기지요 아마?" 한다. 부끄럽고 이상스러워서 아무 대답도 아니 했다. 그녀는 벌써 눈치를 챘는지 자기 손으로 내 젖을 꺼내서 주물러 풀고 나서는 "이렇게 먹이라."고 내 팔 위에다가 갓난아이의 머리를 얹어 그 입이 꼭 내 젖꼭지에 달 만큼 대어주며 젖 먹이는 방법을 가르쳐주었다. 나는 어쩐지 몹시 섬뜩했다. 냉수를 등에다 쭉 끼치는 듯했다. 나를 낳고 기른 부모도, 또 골육을 같이 한 형제도, 죽자 사자 하던 친구도 아직 내 젖을 못 보았고 물론 누구의 눈에든지 뜰까 보아 퍽도 비밀히 감추어 두었다. 그 싸고 싸 둔 가슴을 대담히 헤치며 아직 입김을 대어 못 보던 내 두 젖을 공중 앞에 전개시키라는 명령자는 이제야 겨우 세상 구경을 한 핏덩어리였다.

이게 웬일인가? 살은 분명히 내 몸에 부은 살인데 절대의 소유자는 저 조그마한 핏덩이로구나!

그리하여 저 소유자가 세상에 나오자마자 으레 제 물건 찾듯이 불문곡직하고 찾는구나. 나는 웃음이 나왔다. '세상 일이 이다지 허황된가.' 하고. 그리고 '에라 가져가거라.' 하는 퉁명스러운 생각으로 지금까지 맡아 두었던 두 젖을 조그마한 소유자에게 바쳤다. 그리고 그 다음 차례를 기다리고 앉았다. 그 조그마한 주인은 아주 예사롭게 젖꼭지를 덥석 물더니 쉴 새 없이 마음껏 힘껏 빨고 있다. 내 큰 몸뚱이는 그 조그마한 입을 향해 쏠리고 마치 허다한 임의의 점과 점을 연결하면 초점에 달하듯 내 전신 각 부분의 혈맥을 그 조그마한 입술의 초점으로 모아드는 듯싶었다. 이와 같이 벌써 모(母) 된 선고를 받았다.

그러나 설상가상이다. 60일 동안은 겨우 부지해가더니 그 후부터는 일절 젖이 나오지를 않는다. 이런 일은 빈혈성인 모체에 흔히 있는 사실이지만 유모를 구할래야 입에 맞는 떡으로 그리 쉽사리 얻을 수도 없고 밤중 같은 때는 자기 젖으로 용이하게 재울 수 있을 것도 숯을 피운다, 그릇을 가져온다,

우유를 데운다 하는 동안에 어린애는 금방 죽을 듯이 파랗게 질려서 집 안을 소란스럽게 만든다. 그러나 겨우 먹여 재워 놓고 누우면 약 두 시간 동안은 도무지 잠이 들지 않는 것이 보통이었으나 어찌어찌해서 잠이 들 듯하게 되면 또다시 바시시 일어나서 못살게 군다. 이러한 견딜 수 없는 고통이 수 개월간 계속되더니 심신의 피곤은 인제 극도에 달해 정신에는 광증이 발하고 몸에는 종기가 끊일 새가 없었다. 내 눈은 항상 체 쓴 눈이었고 몸은 마치 도깨비 같아서 해골만 남았다. 그렇게 내가 전에 희망하고 소원이던 모든 것보다 오직 아침부터 저녁까지 꼭 종일만, 아니 그는 바라지 못하더라도 꼭 하루 한 시간만이라도 마음을 턱 놓고 잠 좀 실컷 자 보았으면 당장 죽어도 원이 없을 것 같았다. 나도 전에 잠잘 시간이 너무 족할 때는 그다지 잠에 뜻을 몰랐더니 '잠' 처럼 의미 깊은 것이 없는 줄 안다. 모든 성공, 모든 이상, 모든 공부, 모든 노력, 모든 경제, 모든 낙관의 원천은 오직 이 '잠' 이다. 숙면을 한 후에는 식욕이 많고, 식욕이 있으면 많은 반찬이 무용이요, 소화 잘되니 건강할 것이요, 건강한 신체는 건전한 정신의 기본이다. 이와 같이 어디로 보든지 '잠' 없고는 살 수 없는 것이다. 진실로 잠은 보물이요 귀물이다. 그러한 것을 탈취해 가는 자식이 생겼다 하면 이에 더한 원수는 다시는 없을 것 같았다. 그러므로 나는 '자식이란 모체의 살점을 떼어 가는 악마'라고 정의를 발명해 재삼 숙고해볼 때마다 이런 걸작이 없을 듯이 생각했다. 나는 이러한 슬프게 호소하는 산문을 적어 두었던 일이 있었다.

세인들의 말이
실연한 나처럼
불쌍하고 가련하고
참혹하고 불행한 자는
또 없으리라고.

아서라 말아라
호강에 겨운 말
여기 나처럼
눈이 꽉 붙고
몸이 착 붙어
어쩔 수 없을 때
눈 떠라 몸 일으켜라

벼락 같은 명령 받으니
너에 대한 형용사는
쓰기까지 싫어라.

잠 오는 때 잠자지 못하는 자처럼 불행 고통은 없을 터다. 이것은 실로 이브가 선악과 따먹었다는 죗값으로 하느님의 분풀이보다 너무 참혹한 저주다. 나는 이러한 첫 경험으로 인해 태고부터 지금까지의 모든 모(母)가 불쌍한 줄을 알았다. 더구나 조선 여자는 말할 수 없다. 천신만고로 양육하려면 아들이 아니요, 딸이라고 구박해 그 벌로 축첩까지 한다. 이러한 야수적 멸시 속에서 살아갈 때 그 설움이 어떠할까. 그러나 부득이하나마 그들의 몸에는 살이 있고 그들의 얼굴에는 웃음이 있다. 그들의 생활은 현재를 희생해 미래를 희망하는 수밖에 살길이 바이없었다. 오죽해서 그런 생을 계속 해오리오마는 그들의 진정에서 우러나오는 연애심이며, 이것을 어서 속히 길러서 '그 덕에 호강을 해야지.' 하는 희망과 환락을 생각할 때 실로 그들에게는 잘 수 없고 먹을 수 없는 고통도 고통이 아니요, 양육할 번민도 없었고, 구박받는 비애를 잊었으며, 궁구하는 적막이 없었다. 말하자면 자연 그대로의 하느님, 그 몸대로의 선하고 아름다운 행복의 생활이었다. 그러므로 1인의 모보다도 2인, 3인 다수의 모가 될수록 천당 생활로 화해 간다고 할 수 있다.

나는 어느 한밤중에 잠 잃고 조바심이 날 때 문득 이러한 생각이 솟아오르자 주먹을 불끈 쥐고 벌떡 일어나 앉았다.

"옳지 인제는 알았다! 부모가 자식을 왜 사랑하는지? 날더러 아들을 낳지 않고 왜 딸을 낳았느냐고 하는 말을." 나와 같이 자연을 범하려는, 아니 범하고 있는 죄의 피가 전신에 중독 된 자의 일시의 반감에서 나온 말이지마는 확실히 일면으로 진리가 된다고 자긍한다. 부모가 자식을 사랑하는 것은 솟아오르는 정이라고들 한다. 그러면 아들이나 딸이나 평등으로 사랑할 것이다. 어찌하여 한 부모의 자식에게 출생 시부터 사랑의 차별이 생기고 조건이 생기고 요구가 생길까? 아들이니 귀엽고 딸이니 천하며, 여자보다 남자를, 약자보다 강자를, 패자보다 어리석은 자를, 이런 절대적 타산이 생기는 것이 웬일인가? 이 사실을 보아서는 그들의 소위 솟는 정이라고 하는 것을 믿을 수 없다. 그들의 내면에는 무슨 이만한 비밀을 감추고 있는 것이 분명하다. 나는 지금까지 항상 부모의 사랑을 찬미해왔다. 연인의 사랑, 친구의 사랑은 상대의 보수적인 반면에 부모의 사랑만은 영원무궁한 절대의 무보수적 사랑이라 했다. 그러므로 나는 조실부모한 것이 섧고 분하고 원통해 다시 그런 영원의 사랑 맛을 보지 못할 비애를 느낄 때마다 견딜 수 없어 쩔쩔맸다. 그러나 그것은 나의 오해였음을 깨달았을 때, 낙심되었다. 실망했다. 정이 떨어졌다. 그들은 자식인 우리들에게 효를 요구해 보은하라 명령한다. 효는 모든 행위의 근본이요, 불효보다 큰 죄는 없다고 하며, 아버지가 돌아가신 뒤 3년을 아버지가 하던 대로 바꾸지 않아야 효도라 해왔다. 그렇게 자식은 부모의 절대적 노예였으며, 부속품이었고, 일생을 두고 부모를 위해 희생하는 물건이 되어버렸다. 이렇게 사랑의 분량과 보수의 분량이 늘 평행하거나 어떠한 때는 도리어 보수 편에 중한 적이 있었다. 이렇게 우애나 연애에 다시 비할 수 없는 절대의 보수적 사랑이요, 악독한 사랑이었다. 그러므로 절대의 타산이 생기고, 이기심이 발해 국가의 흥망보다도 개인의 안일을 취함에는 딸보다 아들의 수효가 많아야만 했고, 딸은 무식하더라도 아들은 박식해야만 말년에 호강을 볼 수 있는 것이라 했다. 그들이 아들에 대해 미래에는 어찌나 무한한 희망과 쾌락이 있는지 고통 번민까지 잃고 지내왔다. 이는 재능 있는 자보다 무능자에게 강하고, 개명국보다 야만국 부모에게 많이 있는 사실이다. 나는 다시 부모의 사랑을 원하지 않는다. 일찍이 부모를 여읜 것은 내 몸이 자유로 해방된 것이요, 내 일이 국가나 인류를 위하는 일이 되게 천만 행복의 몸이 되었다. 당돌하나마 나는 최후로 이런 감상을 말하고 싶다.

세인들은 항용 모친의 사랑이라는 것은 처음부터 모 된 자 마음속에 구비해 있는 것같이 말하나 나는 도무지 그렇게 생각이 들지 않는다. 혹 있다 하면 2차부터 모 될 때야 있을 수 있다. 즉 경험과 시간을 경해야만 있는 듯싶다. 속담에 '자식은 내리사랑이다' 하는 말에 진리가 있는 듯싶다. 그 말을 처음 한 사람은 혹시 나와 같은 감정으로 한 말이 아닌가 싶다. 최초부터 구비해 있는 것이 아니라 적어도 5, 6개월의 장시간을 두고 먹여 기를 동안 영아의 심신에는 기묘한 변천이 생겨 그 천사의 평화로운 웃음으로 모심을 자아낼 때, 이는 내 혈육으로 된 것이요, 내 정신에서 생한 것이라 의식할 순간에 비로소 짜릿짜릿한 모(母) 된 처음 사랑을 느끼지 않을 수 없다. 내 경험상으로 보아 대동소이한 통성으로 모심에 이런 싹이 나서 점점 넓고 커갈 가능성이 생긴다. 그러므로 '솟는 정' 이라는 것은 순결성, 즉 자연성이 아니요, 단련성이라 할 수 있다. 이는 종종 있는, 유모에게 맡겨 먹여 기르게 한 자식에게는 어머니의 사랑이 그다지 솟지 않는 것을 보면 알 수 있다. 환언하면 천성으로 구비한 사랑이 아니라 먹여 기를 시간 중에서 발하는 단련성이 아닐까 싶다. 즉 그런 솟아오르는 정의 본능성이 없다는 부인설이 아니라 자식에 대한 정이라고 해서 별다른 것은 아니라고 말하고 싶다.

그 다음에 나는 자식의 필요를 아무렇게 해서라도 알고 싶다. 그러나 용이히 해득할 수는 없다. '다음 세대를 출산해 교양하는 것은 일반 부인에게 내린 천직이다. 자연의 주장이요 발전이다.' 이런 개념적 이지와 내가 당한 감정과는 너무 거리가 떨어져 있다. "생물은 종족 번식의 목적으로 생하고 활하니까."라는 말도 내게는 아무 상관없는 듯싶다. "가정에 아이가 없으면 너무 단순하니까." 달리 더 복잡히 살 방침이 많은데, "연로해 의지하려니까." 나는 늙어 무능해지거든 깊은 삼림 속 포곤포곤한 녹계색 잔디 위에서 목숨을 놓으려는데, 이 빽빽 우는 울음소리만 좀 들리지 않으면 고적한 맛을 더 좀 볼 듯싶으며, 이 방해물이 없으면 침착한 작품도 낼 수 있을 듯싶고, 자식으로 인한 피곤 불건강이 아니면 아직도 많은 정력이 있을 터인데, 오직 이것으로 인해 이렇게 절대의 필요의 반비례로 절대의 불필요가 앞서 나온다. 통성이 아니라 독단으로. 그럴 동안 나는 자식의 필요로 조그마한 안심을 얻었다.

사람은 너무 억울한 모순 중에 몸을 숨기고 있다. 그의 정신은 영원히 자라 갈 수 있고, 그의 이상은 무한으로 자아낼 수 있으나 오직 그의 생명의 시간이 유한 중에 너무 단촉하고, 그의 정력이 무능 중에 너무 유한되다. 이렇게 무한적 정신에 유한적 육신으로 창조해 낸 조물주도 생각해보니 너무 할일이 없는 듯싶어 이에 자식을 내리사 너 자신이 실행하다가 못 한 이상을 자식에게 실현하게 하라 한 듯싶다. 그리하여 한 사람 이상 중에는 미술도 문학도 음악도 의학도 철학도 교육도 보는 대로 듣는 대로 하고 싶다마는, 재능이 부족할 뿐 아니라 정력이 계속 못 되어 필경 하나나 혹 둘쯤밖에, 즉 문학가로 음악을 조금 알 도리밖에 없다. 다른 모든 것에는 시간을 바칠 여가가 없어진다. 이럴 때 미술을 좋아하는 딸, 의학이나 철학을 좋아하는 아들이 자라 가면 자기가 좋아하나 다만 실행하지 못하던 것을 간접인 제2 자기 몸에 실현하려는 욕망과 노력과 용감이 생기지 않는 것인가 싶다. 그러므로 자식의 의미는 단수에 있는 것이 아니라 복수에 있는 것같이 생각된다.

만일 정신상으로는 모든 희망을 구비하고, 정력을 계속할 만한 자신이 있더라도 육신이 쇠약해 부절히 병상을 떠날 수 없어 그 이상과 실행에는 하등의 관계가 없는 것 같이 되면, 고통 그것은 우리 생활을 향상하는 데 아무 의미가 없을 것이요, 가치가 없을 것이다. 즉 지식으로나 수양으로 억제하지 못할 불건강의 몸이 되고 본즉 "사람이 아니 하려니까……." 운운하던 것도 역시 공상이다. 망상이었다.

– 《동명》, 1923년 1월

백결 선생에게 답함

되지 못한 짓이나마 독자 여러분의 주목을 받게 된 것은 광영입니다. "일시는 사회의 시청을 끌던"이라 한 것을 보아 더구나 백결 선생에게는 많은 배움을 얻어 사의를 표하는 바외다.

원래 이 답을 쓰려는 것은 내 본의가 아니다. 어째서 변명이나 하는 것 같아서 몇 번 주저했다. 그러나 "다만 나의 근심하는 바도 구관념이 그릇되었다 하여 신관념을 움켜쥘지라도 그것이 또한 그릇될 지경이면 구관념으로 인한 폐해보다도 우일층 심함이 있을 뿐 아니라 소위 신인이라 하여 사상적 방황하게 되는 경향이 없는가 합니다."라는 얼토당토않은 씨의 이상문(理想文)이 내 감상기를 인연 삼은 결론인 데 대해서는 도무지 묵과할 수 없다. 그렇다고 나는 결코 씨의 말한 바 편견이었고 독단이었던 모든 책임을 피하려 드는 것이 아니다. 또 논박 받는 것을 받아들이지 아니함이 아니요, 오히려 매우 기뻐하는 바다. 다만 씨의 도리어 편견이었고 독단이었던 것을 말하려 함이요, 또 씨의 부절히 염려하는 바와 같이 이목에 거슬리는 말로 인해 행여 신인들의 사상적 방황을 첨가하지나 아니할까 하는 염려도 미상불 없지 않은 바다. 다른 기회를 얻어 나도 다만 못지않은 씨의 소위 신인에 대한 이상문을 논하려 하며, 여기는 다만 씨에 대한 답만을 극히 간단하게 쓰려 하는 동시에 할 수 있는 대로 변명의 태도에서 초월하려 한다.

유감이나 첫째로 씨는 '논문'과 '감상문'에 대한 서식이며, 독서법이며, 비판의 구별은 차리지 못한다고 말하지 아니할 수 없게 된다. 학식에 이상을 두고 주창을 세워 문자로 발표하는 논문에는 이유와 조건과 권리와 의무와 책임이 있을 것과 같이, 단순한 본능에서 시시각각으로 발하는 순간적 직관을 허위 없이 문자상에 나타내는 감상기는 절대 무조건이요, 권리나 의무나 책임 같은 데는 더구나 무관계한 것이 아닐까 한다. 다만 감상문만은 경험을 종합한 결론이 아니라 오직 그 당시의 사실을 솔직하게 우선 없게 쓰려는 유일의 목적인 것을 잊어서는 아니 된다. 그러므로 논문을 읽을 때, 예를 든 것을 보아 해득할 수 있다든지 또 이치를 캐어 요해할 수 있는 것과 같이, 감상문을 읽을 때만은 예로도 알 수 없고 이치로도 알 수 없는, 즉 독자 자신도 필자 자신과 거의 같은 경우로 거의 같은 감정을 경험하지 못하고서는 도저히 이해할 수 없는 불가사의한 것이다. 한즉 논문을 비판할 때는 질문도 있을 것이요, 반대도 있을 것이며, 따라서 의무나 책임을 부담시키는 것이 당연할 뿐 아니라 사회적 사상 방면을 우려할 여지가 있겠고 또 반성으로 요구하는 시간을 허할 수 있으나, 감상문만은 본래 논박한다는 것부터 말이 안 되고 더구나 이상화하고 사상화하려는 것이야 이에 대해 무슨 한 푼의 가치가 있으리오. 씨가 절대의 책임을 내게 지우고 게다가 사상적이니 신여성이니 하는 것으로 쓸어 맡기려 하는 것은 도무지 까닭 없는 비방이다. 이것은 나와 말하는 것보다 자연과 다투어보는 것이 제일 합리적일 것 같다. 부질없는 말이나 씨의 너무 사상 방면만 편애하지 말고 인정미와 인간애로 타인에게 대할 수양이 필요할 듯싶어 충고한다.

배우려면 알지 못하는 것부터 말해야 하겠고, 남의 말을 들으려면 내 말을 먼저 해야 하겠다는 동기로 용기를 내어 〈모(母) 된 감상기〉를 발표한 이후 무언중에 부절히 기대했다.

나와 같은 정도와 경우와 경험자인 모(母) 중 1인이 내 감상기를 읽은 후의 소감이 어떠하다는 것을 써주었으면 얻는 것과 배우는 것이 많으려었다 했다. 그리고 만일 아무 이해 없는 딴 세계 사람으로부터 이러니저러니 해오면 어찌할까 염려하기도 했다. 내게는 꼭 이 감정만은 철학 박사나 생리학 박사의 이론으로 알 바가 아니요, 깊은 산골의 무지몰각한 부녀들이 오히려 그 경험에 공명될 자가 있으리라는 신념이 있는 까닭이었다. 과연 마치 구름 속에 있는 양반에게 "너희는 왜 흙을 밟고 다니느냐." 하는 비방을 받는 격이 되었다. 씨의 "임신이란 것은 그리 편한 일이 아니다."라는 한 구절을 보면 씨가 능히 알지 못할 사실을 아는 체하려는 것이 용서하지 못할 점이다.

씨가 내 감상기 중 "책임을 면하려는", "자식이란 모체의", "어머니의 사랑" 몇 구절을 빗대 놓고 "자각이 없느니", "예속이니", "구도덕을 배척하고 신도덕을" 하는 아는 대로의 숙어를 전개해 반박의 중요점을 삼으려 했다. 옳다. 씨의 반박의 중요 문구는 내 감상기 전문 중 나의 제일 확실한 감정이었다. 제일 무책임한 말이었고, 제일 유치한 말이었고, 제일 거슬리는 말이었다. 그러나 이 몇 구절은 나의 제일 정직

한 말이었고, 제일 용감한 말이었다. 오냐, 이 언구 중에 당시 내 자신의 고통과 번민이 100분의 1이라도 포함되었다 하면 내 감상기는 성공이었다. 이와 같이 내게 허위가 없었던 만큼 내 양심이 결백하고 무조건이요, 무책임인 순간적 직감을 쓰려는 것밖에 없었다. 다만 씨의 과민한 신경과 풍부한 학식과 고상한 사상이 남용된 것만 애석해 하는 바다.

이상 몇 점으로 보더라도 내 감상기를 빙자한 씨의 반박문은 어디로 뜯어보든지 내 감상기와는 아무 관계가 없을 뿐 아니라 의외로 씨가 일반 여성에 대해, 더구나 조선 여자, 그중에도 씨 자칭 신인인 여자에게 개인적으로 무슨 악감정이 있는 것을 능히 엿볼 수 있다. 그것은 "조선 신여성의 선구"라든지, "신여성으로 자처하는"이라든지, "신인의 면목", "해방을 요구하는 신여성" 등과 같은 일종의 저주적이요, 비방적이요, 조소적인 문구를 반드시 앞세워 놓고야만 무슨 말이 나온 것을 보면 알겠으며, 이다지까지 여성 자체를 불신용하고 조선 신여성의 인격 전체를 덮어놓고 멸시해야만 자기 반박문이 빛이 날 것이 무엇인지? 나는 "오직 여자 자신이 그러한 모멸을 받을 만했으니까"라는 무용의 겸손한 말을 쓰지 아니하련다. 씨의 자존심이 과중한 것이며 편견이고 독단인 것은 공평정대한 태도를 가져야만 할 평론자의 자격을 잃어 버렸다고 아니 말할 수 없게 된다. 내 감상기가 신여성의 사상계를 대표한 논문으로 자처한 일이 없는 동시에 씨는 불고염치하고 나를 대표적 인물로 잡아 세워 놓고 소위 "구설로는 해방을 극력 절규하면서도 실제 생활에 들어가서는 여전히 예속적 생활에서 초탈하지 못함이 현재 신여성의 실상이니"라고 한 것은 너무 실례에 과하다. 일반 여자 독자 여러분에게 질문하기를 요구한 바다. 씨의 이 소위 예속이니, "의식주의 책임을 스스로 부담하는 데 해방이 있느니" 하는, 1세기 시대에 뒤진 말을 다시 끄집어 뒷걸음치자는 말을 보면 씨와 같은 학식에도 부인 문제에는 어두운 것을 알겠다. 우리 여자는 결코 여자 된 자신을 불행히 여기는 일도 없거니와 남자 그것을 부러워할 일도 없고, 권리 다툼도 아니 하려 하고, 평등 요구도 아니 하며, 자유를 절대적으로 아니 안다. 다만 우리는 '참사랑' 으로 살 수 있기만 바라고 또 실현해야 할 것밖에 아무 다른 것 없는 것이다. 보시오, 평범한 여자들은 참정권 운동에 야단들이나, 비범한 여자들은 세계적 애(愛)에 참가하려 하지 않소? 또 씨는 내 경우와 감정과 판이한 다른 여자의 결혼 문제를 끄집어 말한 끝에, "여성에게는 일의 다소를 물론하고 불리한 경우를 당하면 그 책임을 회피하는 불철저한 약점이 있으니까." 운운한 것은 조선 여자 개인의 감상문에 전 인류적 여성을 집어넣는 것은 무슨 필요인지. 몰상식한 말이라 용허할 여지가 있지만 씨의 인격을 존중하기 위해 나는 심히 분개함을 마지않는다. 이것으로 보아도 씨의 반박문은 내 감상문과 아주 인연이 끊어져버린다. 이야말로 변명 같으니 혹 참고 될까 해 쓴다. 여자가 누구를 물론하고 임신기에 있어서는 생리상으로나 정신상으로나 평상시보다 이상이 생기나니, 가감의 차이는 있을지언정 산모라면 경험하지 않는 자가 없다. 그러므로 임신 중과 분만 후 어느 시기까지는 아무리 둔질이라도 감상적으로 되고 예민한 신경이 흥분되기가 매우 쉬운 고로 이때만은 공연한 일에도 노염을 타고 변변치 않은 일에라도 퍽 기뻐한다. 실상 말이지 내 감상기 같으면 누가 자식 낳기를 바라리까. 오직 내가 그것을 쓸 때는 임신 10개월간과 분만 후 만 1개년간의 시시로 흥분된 감정을 쓴 것이니 가히 짐작할 것이다. 그렇다고 나도 '산아제한'을 주장한 것도 아니요, 또 누구든지 자식을 낳아서는 아니 되겠다는 말이 아니다. 본문에 쓴 것과 같이 "개인으로 살아가는 부인도 중대한 사명이 있는 동시에 종족으로 사는 부인의 능력도 위대하다는 이지와 이상을 가졌으며", "다음 세대를 낳아 교양하는 것은 일반 부인에게 내린 천직이다. 자연의 주장이요 발전이다."라는 말을 다시 올려 내 이상과 감정이 충돌되었던 것을 명백히 하려 한다.

마지막으로 씨께 요망하는 바는 나도 신여성으로 자처한 일이 한 번도 없었고 신인이라고 해주는 것을 별로 영광으로 알지 않는다 함이외다. 나는 사상가도 아니요, 교육가도 아니요, 예술가도 아니요, 종교가도 아니외다. 다만 사람의 탈을 썼고, 여성으로 태어났으며, 사랑으로 살아갈 도리만 찾을 뿐이외다. 혹 다른 때 인연을 맺게 되더라도 명심해주시면 좋겠습니다. 씨여, 사상적 방황이란 그다지 못된 일이오니까? 방황해야만 할 때 방황하지 말라는 것은 못된 일이 아니오니까? 그다지 조바심을 내어 걱정할 것이야 무엇 있으리까? 방황도 아니 하고 고정부터 하면 그것은 무엇일까요? 화석의 그림자나 아닐까요?

나는 반드시 믿는다. 내 〈모(母) 된 감상기〉가 일부의 모 중에 공명할 자가 있는 줄 믿는다. 만일 이것을 부인하는 모가 있다 하면 불원간 그의 마음의 눈이 떠지는 동시에 불가피할 필연적 동감이 있을 줄 믿는다. 그리고 나는 꼭 있기를 바란다. 조금 있는 것보다 많이 있기를 바란다. 이런 경험이 있어야만 우리는 꼭 단단히 살아갈 길이 날 줄 안다. 부디 있기를 바란다.

—《동명》, 1923년 3월

생활 개량에 대한 여자의 부르짖음

먼저 마음부터 고칩시다. 그리고 살림을 고칩시다.

나는 조선 사람의 살림살이를 불러 야명조의 살림과 같다고 하고 싶습니다. 인도 설산 히말라야 산중에 야명조라는 새가 있답니다. 이 새는 웬일인지 일평생을 두고 결코 보금자리를 짓는 일이 없답니다. 그리하여 밤이 되면 높은 산 추위는 깃털을 찌르고, 고원 지구 넓은 뜰을 넘어 드는 찬바람은 늙은 나뭇가지를 흔들어, 겨우 의지해 있는 새들을 쫓아냅니다. 캄캄한 바람과 찌르는 찬바람에 싸여 갈 길을 방황할 때, 새들은 일제히 '야명조소'(夜明造巢: 날이 밝으면 집을 지어야지) 하고 운답니다.

그러한 무섭고 괴로웠던 끔찍한 밤이 다 가고 붉은 아침 해가 솟아오를 때, 비로소 활기와 빛을 얻어 휘황한 깃털에 두 날개를 펴서 삼삼오오 짝을 지어 동서남북으로 흩어지나니,

이 5천 광야에는 예부터 곡물과 곤충이 많이 있으므로, 밤새도록 '야명조소, 야명조소' 하고 울고 있던 새들도 눈앞에 널려 있는 밤나무, 무화과며, 포도 잎새 그늘에 숨어 있는 모충에만 마음이 쏠려, 그만 보금자리를 지을 생각은 멀리 잊어버려 두고, 그와 같이 온종일 실컷 놀고 마음껏 먹고 나서 설산 산림 중에 돌아와서는, 밤이 되면 또 '야명조소, 야명조소' 하고 운답니다. 이렇게 하기를 일생을 두고 하다가 죽는답니다.

"살림살이를 개량해야겠다. 사는 것답게 살아야겠다. 지금 아는 것으로는 부족하니 더 배워야 하겠다." 이러한 부르짖음이 웬만한 사람 중에는 당연한 문젯거리가 되고 말았습니다. 그러나 지금까지 딱 결단을 해 개량의 실적을 보인 이를 별로 볼 수 없습니다. 다만 안심치 않은 살림으로 하루이틀을 지내고 있을 뿐입니다.

물론 여러 원인과 장애가 있을 것입니다. 그러나 의지가 약하고 반성이 박한 것이 큰 원인일 것입니다. 그리고 선조로부터 내려온 인습에 얽매여 당장 고칠 수 없는 사정도 있을 것입니다. 더욱이 주위의 비난으로 고칠 수 없을 수도 있을 것입니다.

즉 '이렇게 하면 다른 사람이 웃지나 아니할까, 감정을 사지나 않을까, 교제상 비평하지 아니할까?' 하는 경우도 적지 않을 것입니다. 그리하여 대담하게 해야만 할 때까지 하지를 못하고, 언제든지 안정이 없고 본뜻이 아닌 살림을 하게 됩니다. 남이야 어찌 알든지 상관없이 자기 혼자 정당한 길을 밟는다든지 습관 된 폐풍을 개량한다는 것은 실로 쉽지 않은 일입니다.

혹시 이러한 결심이 있어 남이 못하는 일을 해보겠다고 하다가도, 자칫하면 많은 가운데로 끌려가고, 시간을 따라 결심했던 것이 언젠지 모르게 쇠멸해버리기 쉽습니다. 즉 다른 사람과 같은 행동을 취해야만 할 때 일종의 고통을 깨닫게 되었으나, 어느덧 아무 고통을 깨닫지 않게 되면, 벌써 생활 개량이라든지 더 배우겠다는 여지가 없어지고 힘쓰지도 않을 뿐 아니라, 동화되는 것을 느끼지 못할 만큼 별로 살림 개량할 필요가 없어지며, 결국 아무렇게나 이럭저럭 되는 대로 살다가 죽으면 그만이지 하는 귀찮은 생활을 하게 되는 것을 몇이라도 볼 수가 있는 오늘날입니다.

유학생이 일본에 있을 때 책상머리를 주먹으로 치며 '조선 사람은 부지런해야만 하겠다. 책을 많이 보아야겠다.' 하고 생활 개량을 부르짖다가도, 조선 땅을 밟으면 어느덧 아침 잠이 늘어 가고, 매일 오는 신문도 접은 채로 쌓아 두는 일을 흔히 볼 수 있습니다. 또 시골에서 서울로 올라온 남녀 사람들이 자기 고향의 더럽고 정돈되지 않은 살림살이를 개량하겠다고 결심하고 돌아갔다가는 그냥 돌아서 올 뿐 아니라, 자기조차 더럽고 질서 없는 짓을 내어버리지 못하는 것을 많이 볼 수 있습니다. 이런 예를 모두 들자면 얼마라도 있을 것입니다.

하여간 '그대로 그럭저럭 살자.'는 것이, 죽지 못해 사는 이것이 우리 지금 생활의 방법이요 목적입니다. 다시 말하면 사람의 개량이 무슨 그다지 큰 효과가 있으랴 하고 스스로 머리를 숙여, 게으름을 부려, 서로 앞을 사양하는 동안에 또다시 전과 같은 살림을 되풀이하게 되는 것입니다. 어느 때까지든지 이와 같이 계속 해가면 개량 진보는 감히 바랄 수 없는 것입니다.

그러나 우리 중에 오직 한 사람이라도 진정으로 자기의 행복을 구하고 자기의 이상을 실현하기 위해 분발하고 용투한다면 거기에 생활에 대한 새 뜻을 찾을 수 있을 것이요, 그리하여 오직 한 사람의 힘이라고 하더라도 반드시 영향을 끼칠

일이 있을 것입니다. 이렇게 사람마다 그 마음을 늘 개량에다 두고 살 수 있다면 우리 생활은 활기를 띨 수 있겠고 살아 있는 맛을 알 수가 있을 것입니다. 이것이 우리 사람들의 생활을 견실하게 하는 상태라고 생각합니다.

나는 그동안 신문에서나 잡지에서 생활 개량에 대한 언론을 많이 보았습니다. 물론 같은 생각도 많이 있었으나 그 생활 내용은 내버려두고 살림, 즉 제도부터 고치려 하는 데는 어쩐지 잊은 것이나 있는 것 같은 서어한 마음이 생깁니다. 다시 말하면 이와 같이 시시각각으로 당하는 다른 사람들 사이의 감정은 문제삼지 않고 먼저 살림살이를 개량하려면 백 년이 지나더라도 우리의 살림살이는 아무 개량한 실적이 드러나지 않을 것입니다.

나는 이렇게 생각합니다. 우리 살림을 전부 뜯어고칠 것이 아니라 우리 살림의 방법을 일부 고쳐야 할 것이라고 생각합니다. 즉 예부터 우리 살림살이를 다시 세울 것이 아니라 아름다운 풍속이요 좋은 습관은 그대로 두고, 악하고 추한 것만 추려서 개량이나 개선을 할 것인 줄 압니다.

하고 본즉, 우리 살림은 너무 난잡하므로 어느 것부터 먼저 고쳐야 옳을지 모르겠습니다. 그러므로 질서를 세워 개량의 고안으로 시일을 보내는 것보다, 오히려 현상에 불만을 품은 자는 누구든지 제일 가깝고 쉬운 자기로부터 힘이 자라는 대로 개량하는 것이 제일 상책이 아닐까 합니다.

나는 우선 생활 개량의 근본 되는 힘을 찾아 얻고 싶습니다. 다시 말하면 자기 마음속에서 끓어 나오는, 심화하고 확대하려는 생활욕을 얻고자 하는 근본심이 생겨야 할 것입니다. 물론 우리 사람은 순간이라도 방심과 무지에 머무르려 하지 않습니다. 즉 절실함과 직관과 용맹 정진이 뛰어난 사람의 생활의 진상임을 스스로 깨달을 만한 몸소 경험과 그를 위한 감정과 지식과 수양이 반드시 필요할 줄 압니다.

그러면 이와 같이 우리들로 하여금 알게 만들고, 또 안 것을 실행하게 만드는, 이상하게 헤아릴 수 없는 근본 되는 힘을 어찌하면 얻을 수 있겠습니까?

우리는 사랑의 싹으로 비로소 이 근본 힘을 얻을 수 있겠습니다. 이에 누구보다 먼저 여자 자신이 자기 일신이 땅 위에 있는 것을 자각해야 하겠습니다. 자기 자신에 과로한 것을 가히 할 줄 알아야 합니다. 자기 자신의 행복을 계획해야 하겠습니다. 그리하여 자기 자신을 사랑할 줄 알고, 동시에 남을 사랑할 줄 알아야 할 것입니다.

다시 말하면 우리 조선 여자는 너무 오랫동안 자기에게 제일 중요한 것을 잃고 살아왔습니다. 즉 나도 '다른 사람과 같이 생명이 있다.' 하는 것을 억제하고 왔습니다. 가만히 앉아서 제 숨소리를 들어보시오. '여자도 사람이다.' 하는 자부심이 이상스럽게 전신에 흐르리다. 이렇게 여자의 눈이 뜨일 동시에 지금까지의 자기가 불행했고 불쌍했던 것을 알게 될 것입니다. 누구를 막론하고 불행인 역경에서 행복인 순경으로 옮기려는 본능에 따라, 여자 자신도 어떻게 하면 행복하게 재미있게 살아갈까 고심하게 될 것입니다. 그리하여 지금까지 받아보지 못하던, 영원불변으로 있을 자기 자신이 귀하고 사랑스러운 것을 자주자주 느낄 것입니다.

이와 같이 자기 자신을 진실로 사랑할 줄 알면 모든 다른 사람을 사랑할 것입니다. 사랑하고 사랑할 수 있는 것은 사람의 본질에서 나타나는 가장 높은 사상이요 가장 높은 경험인 줄 압니다. 사랑할 수 있는 것으로 말미암아 비로소 이상과 실행, 영혼과 육체, 이성과 정의(情意)가 융합 일치해 활동하는 것이 아닌가 싶습니다.

이 점으로 보아 진심으로 사랑할 수 있는 것은 진심으로 살 수 있는 것과 조금도 다름이 없다고 생각합니다. 사랑할 수 없는 자 그 누구라 능히 자기 생명의 존귀함과 위력을 체험할 수 있겠습니까. 사랑할 수 없는 자기 인생을 단편적으로 보는 반면으로 인생 전체를 직감할 수 있는 기쁨은 오직 사랑 가운데만 있을 줄 압니다.

사랑이 없고서는 한 개의 그림 조각이라도 그 아름다운 것을 진실로 향락할 수 없거든, 하물며 사랑 없고 어찌 남자가 여자를, 여자가 남자를, 부모가 자식을, 자식이 부모를, 친구가 친구를, 개인이 사회를, 사회가 가정을 양해하고 동정하고 서로 도울 수 있겠습니까.

만일 있다 하면 일시의 것이요, 오래 지속되지는 못할 것입니다. 나는 바랍니다. 우리 여자가 자기를 사랑하고, 다른 사람을 사랑하고, 또 남자를 사랑함으로써 생활 개량의 근본 힘을 얻어야 하듯이, 영원히 짝을 지어 살아갈 남자들도 자기를 사랑하고, 또 남들과 여자를 사랑함으로써 생활 개량의 근본 힘을 얻을 수 있기를 바라고 천만 번 바랍니다.

이리 되어야 만조선 사람의 생활 개량이 근본적이요, 계속적일 것이며, 급진적일 것입니다. 따라서 생활의 안착이 생길 것이요, 민족적 평화를 낳을 것입니다. 이와 같이 속마음에 근본 힘을 얻은 후면, 즉 먼저 마음을 고치면 다시 못 할 바 없이 개량은 저절로 앞을 다투어 진보 발전될 줄 압니다. 그러나 아래에 몇 가지 예를 들어 개량을 부르짖기 위해 우선 가정 제도부터 쓰고자 합니다.

사람마다 누구든지 완전한 자기를 실현하려면 먼저 자기의 전인격을 실현해야 할 것이니, 반인격만으로는 자기실현이 불가능한 것입니다. 즉 남녀가 상합해야 비로소 전인격이라고 하고 보면, 남자만이나 여자 한쪽만으로는 자아실현을 하지 못하는 것입니다. 그러므로 한 사회 중의 단위는 각각 다른 성질로 서로 채운 남녀 두 개의 인격적 상합이요, 두 사람 중에서 나온 자식으로 이룬 가정입니다.

이로 보면 예부터 지금까지의 조선 여자는 어느 사람과라도 동등할 만한 생활을 해왔습니다. 조금도 남녀평등이나 자유를 주창할 이유가 없다고 생각합니다. 더구나 남녀가 그 이해를 각각 다르게 생각하는 것은 큰 오해인 줄 압니다. 날마다 사는 데 불가불 써야만 할 불, 물, 나무 중에 하나라도 없고 보면 하루라도 살 수 없나니, 물은 물 된 원소와 불은 불 된 원소가 각각 다를 뿐이요, 물의 값이 셋이면 불이나 나무의 값도 셋일 것입니다.

요사이 남녀 문제를 통틀어 말하는 중에 여자는 남자에게

밥을 얻어먹으니 남자와 평등이 아니요, 해방이 없고, 자유가 없다고 흔히들 말합니다. 이는 오직 남자가 벌어 오는 것만 큰 자랑으로 알 뿐이요. 남자가 벌도록 옷을 해 입히고, 음식을 해 먹이고, 정신상 위로를 주어 그만한 활동을 하게 하는 여자의 힘을 고맙게 여기지 못하는 까닭입니다. 반감을 일으키기보다 여자 자신이 반성해야겠지만 의식주에 대한 남녀 간의 문제는 오직 곁에서 보는 사람들에게 조소거리밖에 아니 될 것입니다.

우리 가정 살림살이가 좀체 개량이 되지 못하는 것은 이와 같이 남자가 자기만 일하는 줄 알고 자기만 잘난 줄 알며, 따라서 여자를 위해주지 않고 고맙게 여겨주지 않는 가운데 불평이 생기고 다툼이 생기며, 남편은 어디까지든지 강자요 우월한 자이며, 부인은 어디까지든지 약자요 열등한 자가 되고 보니 여기에 무슨 살아가는 맛을 볼 수 있겠습니까.

오직 남자 그 사람만 잘못이라 할 수 없고, 여자 그 사람만 불쌍하다고 할 수 없으니, 사회제도가 그릇되었고 교육 그것이 잘못되었던 것입니다. 이에 누누이 말할 필요도 없거니와, 그렇게 치더라도 남자는 너무 자기 일신밖에 모르는 극도로 이기적이었고, 여자는 너무 다른 사람만 위해 사는 극도로 희생적이었던 것입니다.

남자들의 변명이 '이는 여자들의 과실' 이라 할는지 모릅니다. 그렇습니다. 이는 여자 자신이 자기를 잊고 살아온 까닭이요, 그 여자들이 또 여전히 딸은 천히 기르고 아들은 귀히 길러 저만 잘난 줄 알게 교양해온 까닭입니다. 나는 모르겠습니다. 남자들과 같이 학문이 많고 견문이 넓어 바깥일을 논하고 안일을 평하는 자가 자기 눈앞에 닥쳐 있는 것을 왜 모르는지, 자기 일신의 행복은 오직 가족을 사랑하는 데 있는 것을 왜 반성하지 아니하는지, 왜 실행하지 아니하는지. 나는 이것이 큰 의문입니다.

즉 평화의 길은 오직 강한 자가 약한 자를 보호하고, 우승한 자가 열패한 자를 도우며, 부자가 가난한 자를 기르는 데 있나니, 우리의 가정이 화평하고 행복하려면 강자요 우승자요 부자인 남자가 약자요 열패자요 가난한 자인 여자를 애호하는 데 있는 줄 압니다.

아닙니다. 나는 구태여 여자를 낮추고, 그 도움과 아껴주기를 구걸하는 것이 아닙니다. 오직 남자 자체를 위해 애달파하는 것입니다. 그들은 한 번이나 그 처가 정성을 다해 만들어주는 의복과 음식에 대해 고마운 뜻을 표한 때가 있었습니까? 그 노력을 아껴준 때가 있었습니까?

그 처가 두 사람 중에서 생긴 3, 4인의 자식을 혼자 맡아 밤잠을 못 잘 때 한 번이라도 같이 일어나 앉아주었는지, 다 각각 자기 마음을 헤아리면 "과연 잘못했다." 하고 사과할 사람이 많을 줄 압니다.

아닙니다. 나는 꼭 우리의 본심에서 발하는 그 정력에 대해 값을 요구하는 것이 아닙니다. 그대들은 우리를, 우리들은 그대를 믿고 바라고 사는 동안, 아니 살아가야만 할 동안, 일껏 우리의 단순한 진정에서 끓어 나오는 정력과 희망이 그대들의 냉대에 접할 때 실망으로 돌아가는 것이 애처롭고, 이로 인해 그대들의 활동에 고독과 적막이 생기는 것이 가석하단 말입니다. 그러면 하필 남자에게 그 정신을 요구하느냐고 할는지 모르나, 여자는 이 이상 그대들에게 절대 맹종할 수 없고 절대 희생할 아무 남은 것이 없는 연고입니다.

한즉 이에 반대로 절대 방종이었고 절대 이기였던 남자의 생활 도수가 일부만이라도 좀 내려지면 우리 생활은 의외로 쉽게 개량할 수 있는 줄 압니다. 사실 어느 방면으로 보든지 우리 여자보다 선각자요 선진자이며 한 집 한 사회를 지배할 수 있는 권리를 가진 남자들의 손바닥 안에 우리 생활 개량의 여부가 달려 있는 것은 두말할 것 없을 만큼 합리적이요 필연적입니다.

다시 말하면 가장 곤란할 듯하고도 가장 쉬운 것이니, 자기와 타인을 사랑하고 이해하고 동정할 수 있는 생활이 먼저 가정에서부터 실행된다 하면 같은 생이지만 더 참되고, 더 즐겁고, 더 재미있는 길로 들어갈 수 있다는 것이 나의 절실히 원하는 바입니다.

우리 여성들은 지금 조선 남자들의 여러 가지 걱정 있는 것, 더구나 생활난에 직접 책임자요 관계자인 그 고통에 대해 눈물 지어 동정하는 바입니다. 우리는 우리가 찬미하는 정신문명과 똑같이 물질문명을 찬미합니다. 이는 어떠한 사회를 막론하고 생활상 절대 필요한 한 계단입니다. 더구나 지금과 같은 때는 전과 달라서 장대 신기한 물질문명의 창조로 윤택과 행복을 얻을 수 있습니다. 즉 이것이 우리 생활 중에 중요한 지위에 있는 것은 누구나 아는 바입니다.

한즉 지금 생활에 먼저 승자가 되려든지 또 용감한 자가 되려면 지금 사람들이 창조한 윤택한 물질문명을 기초 삼는 정신적 생활이 아니면 아니 되는 것인 줄 압니다. 이러한 정신적 생활을 하게 되어야 비로소 원만한 생활이라고 할 수 있겠습니다.

톨스토이의 "물질문명을 제외하고 처음부터 정신적 생활을 바라는 것은 마치 기초 없는 집과 같다."는 말과 같이, 지금 세상이 전 세상보다 말할 수 없이 풍부한 것은 물질과 정신이 똑같이 진보한 까닭입니다. 이로 보면 우리는 우리 생활의 중요한 물질문명에 기초 삼을 만한 아무 기관이 없고 방침이 없으니, 따라서 생산율이 없고 노동력이 아니 납니다. 이로 인한 우리 살림은 비관이요, 염세요, 내용이 빈약한 것을 면치 못합니다.

물론 사람은 어느 때를 막론하고 그때의 운이라는 것은 면할 수 없는 인연이 있습니다. 우리의 운명은 우리의 벌이 방면이 막히고 물질문명의 발전이 불가능하다고 할는지 모르겠습니다. 그러나 운명이란 것은 꼼짝달싹할 수 없이 꼭 정해 놓은 것이 아니라 어느 정도까지는 힘써서 펴 갈 수 있는 줄 압니다. "힘쓰는 자에게 도움이 온다."는 말과 같이 하다가 못하면 할 수 없거니와, 하지도 않고 운명을 저주하며 사회를 원망하는 사람도 있는 것을 종종 볼 수 있습니다.

내가 작년에 귀국했을 때 고향에 가서, 우리 일가 중에 3대를 두고 가난했으니 굶기를 부잣집 밥 먹듯 하는 집에 찾아가

보았습니다. 한 칸 방에는 다 떨어진 고리짝 두어 개 놓여 있고, 사방 벽에는 빈대 피로 종이가 보이지 않으며, 너풀거리는 신문지 창살 사이로는 강풍이 쏟아져 들어오고, 고래 무너진 얼음 같은 구들 한구석에 70 노인이 3년간 숙환으로 신음하고 있으며, 열 살쯤 된 딸과 50쯤 된 어머니는 굶은 배를 쪼그리고 마주앉아 손등에서 흐르는 피를 치맛자락에 씻어가며 남의 다듬이를 하고 있는데, 꽃다운 나이가 22, 23세 되는 건장한 아들은 건넌방에 누워서 버르적버르적하고 있었습니다. 그를 보니 말쑥하게 옥양목으로 바지저고리를 입었으며, 손은 분길 같고, 머리는 기름을 발라 모양 있게 좌우로 갈라붙였습니다.

나는 하도 어이가 없어서 어안이 벙벙했습니다. 그리하여 참다못해 물어보았습니다. "너도 사람이냐. 너는 왜 그 넓적한 등에 지게를 지고 나서 그 굵은 팔로 나무를 하지 아니하느냐?"고 한즉 "그것을 창피스러워 어찌해요." 하고 대답합니다. 나는 기가 막혔습니다. 그때 그 옆에 서 있는 어머니에게 "저놈에게 왜 옷을 입히고 죽을 먹이오?" 하고 물어보았습니다. 그는 "그러면 어찌하오, 다 팔자 소관인 것을." 합니다. 나는 다시 말 아니 하고 돌아서며 울었습니다.

조선 사람 중에 하필 이 사람뿐이리까. 그런 사실이 늘비했습니다. 이와 같이 우리는 가난한 것을 잊어버리는 학자의 생활이었고, 없는 것을 낙관하는 예술적 생활이었습니다. 직업을 취함에는 높고 낮은 선택이 심해, 그 체면과 문벌과 인격을 보존하기 위해서는 비록 배에서 꼴꼴 소리가 나더라도 부라질을 하고 있는 자가 적지 아니합니다. 이는 과도기에 있을 면치 못할 사실이라 하면 다 말할 여지가 없거니와, '우리도 생명이 있다. 있는 이상 우승자, 강한 자로 살자.' 하는 이상과 요구와 희망과 실행이 있다 하면 남이 다 가져가고 남이 다 한 찌꺼기요 부스러기 가운데라도 아직도 많이 취할 것이 있을 줄 압니다.

이와 같이 우리의 사상은 너무 고상하고 우리의 이상은 너무 도덕적이니, 따라서 물질도 이대로 같이 가도록 힘써야 할 것입니다. 이는 오직 자기와 타인과 사회를 사랑함으로써 목표를 삼을진대 의외로 용이하게 실행이 될 것입니다.

우리에게는 취미성이 매우 박약했습니다. 하지만 요새 와서는 청년 남녀 중에 취미를 가진 이도 많이 보겠고, 또 가지려고 하는 이도 많이 있는 것은 다행한 일인 줄 압니다. 이 취미란 것은 그 생활이 안정되고 정신이 원만할 때, 이것만으로는 오히려 만족을 느끼지 못해 다시 물질계를 떠나고 정신계를 떠나 일종의 신비계로 들어가는 것으로, 형언치 못할 쾌감을 느끼게 되는 것입니다.

지금까지의 모든 것이 피동적이요, 의무요, 책임으로 하던 것이라도 완전히 자동적 행동으로 일변하고 나날이 나아가게 됩니다. 그리하여 전에는 남을 위한 생활이었다면 지금은 다만 자기 자신을 위한 생활이 되어버립니다. 즉 각각 달랐던 자기와 남 사이가 합치해집니다. 우리가 간절히 얻으려 하는 행복은 오직 이러한 마음으로 있을 때 비로소 그 행복의 형상을 볼 수 있는 것입니다. 이러한 취미성의 싹이 자라가면 자라 갈수록 인간성은 참됨, 선함, 아름다움, 사랑으로 숙련할 수 있을 것입니다.

그러나 유감인 것은 우리 중에는 아직도 이러한 취미성의 숙련자가 많지 못합니다. 왜 그러냐 하면 취미성은 한때 싹은 돋을 수 있으나 그 취미성이 완전히 성숙하기까지는 몇 대 선조로부터 내려오는 취미성이 없고서는 완숙에 이르기 어렵다고 생각합니다. 한즉 우리의 취미성이 풍부해지려면 아직도 몇 대의 역사를 기다려야 할는지 모릅니다.

그렇게 친다 하더라도 우리의 생활이란 참 살풍경하지 않습니까. 밥 때가 되면 밥 찾다 먹고, 밤 돌아오면 잘 줄만 알 뿐이요, 여자는 일평생 다듬이, 빨래하기에 꽃이 언제 피는지, 단풍이 지거나 말거나, 이렇게 철두철미 취미가 없이 살아왔습니다.

우리는 장차는 살기 위해 사는 것이 되지 말고, 사는 그것이 유쾌하도록 살아가야 할 것입니다. 그리하여 우리가 남편의 옷과 자식의 옷을 지을 때 금치 못하는 재미가 생겨야 하겠고, 남편이 비를 들어 마당을 쓸거나 어린애를 안아줄 때나 도끼를 들어 장작을 패더라도 이는 그 부인을 도우려는 의무도 아니요, 대장부 된 체면 손상도 아니 될 것이요, 오직 취미에서 솟는 쾌락뿐일 것입니다.

이와 같이 취미를 수양해 그 취미가 실생활에 실현된다면 우리 생활은 신성하고 고상하게 개량될 수 있다고 생각합니다. 생산력과 소비력이 같아야 비로소 우리 생활은 안착을 얻을 수 있는 것입니다. 이것이 피치 못할 우리 생활의 중요한 지위를 점령하고 있는 것은 사실입니다. 이로 인해 우리에게는 생기가 있고, 활동력이 생기며, 한 가정이 정돈되고, 한 사회의 질서가 생깁니다. 그리하여 우리는 깊이 생각할 정력도 생기고 연구도 계속할 수 있습니다.

그러나 우리의 과거 및 현재를 보면 이와 반대가 됩니다. 버는 것이 다섯이면 쓰는 것은 여덟이나 됩니다. 이와 같이 우리의 살림은 예산 없는 살림살이입니다. 우리의 생활은 오로지 기분적이었고 광열적이었나니, 순간의 쾌락과 한때의 수단을 취하기 위해 일생의 불평과 실망될 것을 생각하지 못합니다. 물론 누구에게든지 그 순간적 쾌감이란 다시 얻지 못할 아름다운 감정이라고 생각합니다. 그러나 이 아름다운 감정이 자기와 타인 간에 해독이 생길 때는 망동으로 볼 수밖에 없습니다.

우리 중에 남자들은 좋은 일에나 슬픈 일에나 요릿집에 가서 한잔씩 먹는 것이 교제상 큰 수단이자 큰 사교술이 되었습니다. 그리하여 집 안에서는 용돈이 없어서 쩔쩔 맵니다. 이렇게 없으면서도 있는 체하고, 쓰지 아니해도 좋을 때 씁니다. 따라서 여자는 그 남편이 수입이 얼마 되는지, 무엇을 해서 어떻게 벌어 오는지 모르고 평생을 살아갑니다. 두부 한 푼어치를 살 때도 사랑에 가서 타 와야 하고, 고기 한 근을 살 때도 사랑으로 나갑니다.

이같이 남편은 남편대로 예산 없이 살고 부인은 부인대로 예산 없이 사니, 이러고야 무슨 사는 재미가 있고 무슨 안착이 있겠습니까. 항상 바람에 불리는 갈대와 같이 오늘을 요행히 지내고 내일을 요행히 지내는 것이 우리 사는 목표이니 이 무슨 살아 있는 의미가 있으리까. 참 가련한 것은 우리 살림살이입니다.

우리는 무엇보다 예산을 세워야겠습니다. 남편 된 이는 버는 것을 확실히 정하고 또 쓸 것을 확실히 정해 그 부인에게 알게 해야겠으며, 그 부인 된 이는 남편의 벌이가 얼마나 되는 것을 짐작해 절약하도록 할 것이니, 이리해야 우리의 살림은 비로소 안정이 되고 사는 것 쉽게 될 것입니다. 이것도 또한 우리가 능히 실행할 수 있는 것 중의 하나인 생활 개량 방침인 줄 압니다.

나는 이상 몇 가지 예를 들어 생활 개량을 부르짖었습니다. 그러나 우리 살림이란 어찌 이렇게 몇 장 종이에 올릴 만큼 간단하오리까. 제도를 일일이 나열해 개량을 부르짖으려면 무한할 것입니다. 다만 이 몇 가지 생활 기초만 세우면 그 나머지는 자연히 개량하게 될 것이니, 마치 확실한 사람이 된 후에 학문을 배우는 것과 일반이라는 것이 내가 생활 개량을 부르짖는 요점입니다. 한즉 결국 서로 사랑하고 아끼는 근본된 힘을 얻도록 하는 것이 생활 개량의 제일 가까운 길인 줄 압니다.

아! 광야로 찬바람은 불어온다. 살을 에는 듯이 춥다.

'야명조소, 야명조소.'

— 《동아일보》, 1926년 1월 24~30일

나를 잊고 어찌
살 수 있으랴

우애결혼, 시험 결혼

일시 1930년 4월 2일 오후 3시

장소 경성 인사동에서 회견

기자: 우리들이 결혼하는 목적이 사나이면 자기의 아내를, 또 여자면 자기의 지아비를 얻는 데 있습니까, 혹은 자기의 혈통을 계승해줄 아들딸을 얻는 데 있습니까?

나혜석: 그야 한 개의 지아비 혹은 아내를 얻는 데 있겠지요. 자녀는 부산물에 불과한 것인 줄 압니다.

기자: 그러면 성욕과 생식은 전연히 딴 물건이 되어야 하겠습니다그려.

나혜석: 전연 딴 것이라고 할 수는 없으나 그렇게 혼동할 수도 없는 물건이겠지요.

기자: 그러면 결혼의 주된 목적이 이미 저 아내를 얻는 데 있

다면 만일 그 결혼이 잘못되었던 것이 판명되는 날이면 물론 이혼해야 할 것이 아니겠습니까?

나혜석: 그래야 하겠지요. 그러나 이혼이란 그렇게 쉽사리 되는 것이 아닌즉, 그 결혼이 과연 행복 될 것이냐 어쩌느냐 알기 위해 최근에 구라파에서는 시험 결혼이란 것이 제창되는 줄 압니다.

기자: 3, 4년 동안 살아보다가 싫으면 갈라지고, 좋으면 생사를 같이하는?

나혜석: 그렇지요.

기자: 조선에 그러한 결혼 방식이 적합할까요?

나혜석: 일부 첨단을 걸어가는 새 부부들은 벌써 그것을 실행하고 있지 않나요? 그렇게 보이더구만요.

기자: 시험 결혼의 특색은 무엇입니까?

나혜석: 이미 시험이니까 그 결과에 대해 어느 편이나 절대적 의무를 지지 않지요. 쉽게 말하면 이혼한다 셈치더라도 위자료니 정조 유린이니 하는 문제가 붙지 않겠지요. 합의를 전제로 한 결혼은 이혼할 권리를 처음부터 보유해 좋은 것이니까요.

기자: 그러한 새 도덕을 현대의 많은 여학생들에게 가르쳤으

면 좋겠습니다. 성교육이라 하면 교육자들은 생리적 방면만 가르칠 줄 알았지 사상상 도덕상의 새로운 길은 가르칠 줄 모르는 모양이니까 이것이 현대의 큰 통폐인 줄 압니다.

나혜석: 동감입니다. 양성 문제에서 생리상 방면을 과학적으로 가르치는 것도 좋겠으나 오히려 그보다도 더 근본적으로 가령 산아제한이 어떻다든지, 시험 결혼이란 어떤 것이라든지 하는 도덕상 사상상의 계몽을 시키는 것이 더욱 필요한 일로, 교육자의 주력은 그곳에 몰려와야 옳을 줄 압니다.

기자: 그러니 산아제한 같은 방법을 필요로 하는 시험 결혼은 번번한 이혼을 막는 길도 되고 남녀 성의 이합을 훨씬 자유스럽게 하는 효과가 있을 것이겠습니다.

나혜석: 그렇다 할 것이겠지요.

– 《삼천리》, 1930년 6월

나를 잊지 않는 행복

우리는 누구든지 팔자 좋게, 다시 말하면 행복스럽게 살기를 원하고 바란다. 또 그대로 하기를 원한다.

뒤에 산을 끼고 앞에 물이 흘러 봄철에 꾀꼬리 소리며 여름날에 빗소리로 공기 좋고 경치 좋은 2, 3층 양옥 가운데에서, 금 옷과 포식으로 남녀 노복이 즐비하고 자손이 번창한 부호가의 주부가 되면 이야말로 더 말할 수 없는 소위 행복을 가진 사람이라 할 것이다. 이와 같이 평온무사한 것을 우리 행복의 초점으로 삼는다면 행복은 확실히 우리 생활을 고정시키는 것이요, 활기 없게 만드는 것이며, 게으르게 만드는 것이요, 우리로 하여금 퇴보자요 낙오자가 되게 하는 것이다.

우리 중에 한 사람도 자기를 잊고 사는 사람은 없을 것이다. 그러므로 우리는 잘 먹고 잘 입고 편안히 살려고 하는 것이다. 그러나 우리 조선 여자는 확실히 예부터 오늘까지 나를 잊고 살아왔다. 아무 한 가지도 그 스스로 노력해본 일이 없었고, 스스로 구해본 일이 없었으며, 그 혼자 번민해본 일이 없었고, 제 것으로 얻은 것이 아무것도 없었다. 가엾다. 나를 잊고 사는 것, 이것이야말로 처량한 일이 아닌가.

왜 우리는 자기 내심에 숨어 있는 무한한 능력을 자각하지 못했고, 그 능력의 발현을 시험해보려 들지 아니했던고! 세상에는 평범한 가운데에서 자기만은 무슨 장래의 보증할 것이 튼튼히 있는 것같이 안심하고 있는 자가 많으니 더욱이 우리 여자 중에 많은 사실이다.

보라. 얼마나 귀중히 여기고 보호하던 생명조차 하루아침 하룻밤에 끊어지지 않는가! 철석같이 맹세한 연인 동지의 마음이 변하지 않는가. 최고 행복도 아무렇지도 않게 없어지고 마는 것이 아닌가. 연인에게 뜨거운 사랑을 받고 벗에게 깊은 믿음을 얻는다 해도 상당한 시기가 지나면 싫증이 나고 변하는 것이다. 그 뜻이 길이 있지 못할 것을 미리 짐작해야 한다. 왜 그러냐 하면 만일 그 행복을 잃어버리는 때는 오직 무능자가 될 것이요, 실망자로 자처할 수밖에 없을 터이니까.

그리하여 이 한때 행복을 빼앗길 때마다 어느 때든지 그 상처가 아물 만한 행복을 늘 준비하는 것이 우리의 더할 수 없는 일거리가 되는 바다. 이는 역시 자기를 잊지 않고 살아가려는 목표를 정하는 여하에 있는 것이다. 즉 무의식하게 자기를 잊고 살아온 가운데에서 유의식하게 자기를 잊지 않고 살아가는 데 있다고 생각한다. 다시 말하면 우리의 가장 무서워하는 불행이 언제든지 내습할지라도 염려 없이 받아넘길 수 있을 것이다. 거기에 아무러한 고통이 있을지라도 그 고통 중에서 날로 새롭고 변할지언정 결코 패배를 당할 이치는 만무하다. 즉 외형의 여하한 행복을 받든지 또는 외형의 여하한 행복을 잃어버리든지 행복의 샘, 내 마음 하나를 잊지 말자는 것이다. 사람은 누구든지 힘을 가지고 있다. 그 힘을 어느 시기에 가서 자각한다. 아무라도 한 번이나 두 번은 다 자기 힘을 자각한다. 그것을 받는 사람은 즉 자기를 잊지 않는 행복을 느끼는 자다. 또 사람은 자기 내심에 자기도 모르는 정말 자기가 있는 것이다. 그 보이지 않는 자기를 찾아내는 것이 곧 자기를 잊지 않는 것이 된다. 요컨대 우리들의 현재 및 미래의 생활 목표의 신앙과 행복은 오직 자기를 잊지 않고 살아가는 수밖에 아무것도 우리의 마음을 기쁘게 해줄 것이 없을 것이다. 이것이 자기 생활의 전개를 자기가 보장하려는 것인 만큼 그 열매를 손에 쥘 것이다.

그리하여 우리들의 할 일은 이 현실을 바로 보는 데 있고, 미래 생활의 싹을 북돋아 기르는 데 있는 것이다. 이러한 것을 생각하더라도 잠시라도 방심해 자기를 잊고 어찌 살 수 있으랴.

하루 뒤, 1년 뒤, 지나는 순간마다는 후회의 연속이었다. 그러나 그것이 하나가 된 큰 과거는 얼마나 느낌 있는 과거인가. 또 그중에 마디마디를 멀리 있어 돌아다보니 얼마나 즐거웠던 때였나. 우리는 언제든지 우리 앞에 비치는 현재의 환희로 살지 못함은 곧 가까운 과거를 현재로 만드는 까닭이었다. 그러므로 기실은 현재는 없어지고 만 것이다. 지나고 보니 이같이 안전한 큰길을 밟아 온 것을, 그리하여 그 중도에는 내게 없어서는 아니 될 것이다. 구비해 있고 그뿐 아니라 그때그때 과거에 있어서는 그다지 길이 좁았던고!

– 《삼천리》, 1931년 11월

아아 자유의 파리가 그리워

생활 정도를 낮추는 것처럼 고통스러운 것이 없는 것 같다. 이상을 품고 그것을 실현 못 하는 것처럼 비애스러운 것이 없는 것 같다. 내 의사를 죽여 남의 의사를 좇는 것처럼 무의미한 것이 없는 것 같다. 그러면 나는 이러한 환경을 벗어나지 못할 그야말로 무슨 운명에 처했는가? 그렇지 아니면 일부러 당하고 있는가?

구미(歐美) 만유기 1년 8개월간의 내 생활은 이러했다. 단발을 하고, 양복을 입고, 빵이나 차를 먹고, 침대에서 자고, 스케치 박스를 들고 연구소를 다니고, 아카데미 책상에서 프랑스 말 단어를 외우고, 때로는 사랑의 꿈도 꾸어보고 장차 그림 대가가 될 공상도 해보았다. 흥이 나면 춤도 추어보고, 시간 있으면 연극장에도 갔다. 왕과 각국 대신의 연회석상에도 참가해보고, 혁명가도 찾아보고, 여자 참정권론자도 만나

보았다. 프랑스 가정의 가족도 되어보았다. 그 기분은 여성이요 학생이요 처녀로서였다. 실상 조선 여성으로서는 누리지 못할 경제상으로나 기분상으로 아무 장애되는 일이 하나도 없었다. 태평양을 건너는 배 속에서조차 매우 유쾌하게 지냈다.

그러나 요코하마에 도착하는 때부터 가옥은 나뭇간 같고 길은 시궁창 같고 사람들의 얼굴은 노랗고 등은 새우등같이 꼬부라져 있다. 조선에 돌아오니 길에 먼지를 뒤집어씌우는 것이 자못 불쾌했고 송이버섯 같은 납작한 집 속에서 우러나오는 다듬이소리는 처량했고 흰옷을 입고 시름없이 걸어가는 사람은 불쌍했다. 이와 같이 훌쩍 피었던 꽃이 바람에 떨어지듯 푸근하고 늘 신나던 기분은 전후좌우로 바싹 오그라들기 시작했다.

● 귀국 후의 나의 생활

조선에 오고 나서의 나의 생활은 어떠했나. 깎은 머리를 부리나케 기르고 강동한 양복을 벗고 긴 치마를 입었다. 쌀밥을 먹으니 숨이 가쁘고 울컥 취했다. 잠자리는 배기고 늘어선 것은 보기 싫었다. 부엌에 들어가 반찬을 만들고 온돌방에 앉아 바느질을 하게 되었다. 시가 친척들은 의리를 말하고, 시어머니는 효도를 말하며, 시누이는 서둘러 돈 모으라고 야단이라. 아, 내 귀여운 아이들이 "어머니."라고 부르는 소리가 이상스럽게 들릴 만큼 모든 일은 기억이 아니 나고, 지금 당한 일은 귀에 들리지 아니하며, 아직 깨지 아니한 꿈속에 사는 것이었고, 그 꿈속에서 깨어보려고 허덕이는 것은 나 외에 아무도 알 사람이 없었다. 나는 로마 시스티나 궁전에서 미켈란젤로의 천정화 앞에 섰을 때, 스페인에서 귀재 고야의 무덤과 그 천정화 앞에 섰을 때 내게는 희망, 이상이 솟아 나왔다. 이와 같이 내가 많은 그림을 본 후의 감상은 두 가지다. '그림은 좋다.'와 '그림은 어렵다.' 내게 이 감상이 계속되는 동안에는 그림은 늘 수 없으리라고 믿는다. 그 외에 나는 지금까지는 중성 같았던 것이 여성인 것을 확실히 깨달았다. 그리고 여성은 위대한 것이요, 행복 된 자인 것을 깨달았다. 모든 물정이 이 여성의 지배하에 있는 것을 보았고 알았다. 그리하여 나는 큰 것이 존귀한 동시에 적은 것이 값있는 것으로 보고 싶고 나뿐만 아니라 이것을 모든 조선 사람이 알았으면 싶었다.

또 나는 구미를 만유하고 온 후로 곧 1년 동안이나 시집살이를 살게 되고 많은 친척 가운데에서 살게 되었다. 생각은 따로 두고 행동은 그들에게 좇는 것도 역시 용이한 일이 아니었다.

나는 이 고통, 비애, 무가치를 당하게 된 부득이한 사정이 있었나니 조선 땅을 밟을 때 이미 뱃속이 8개월 된 임신 중이었다. 이것을 분만해 웬만큼 양육할 동안이 자연 1년이 지나고 만 것이다. 그 외에 내 머릿속이 뒤범벅이 된 것을 갈피를 차리자면 상당한 보양과 시일이 걸려야 했다. 또 나는 사물을 대할 때마다 이렇게 생각한다. 파리나 조선 지방이 그 인정이나 자연스러운 태도가 일치되는 점이 많다고. 다만 전자는 문명이 극도에 달한 사교술이요, 후자는 미개한 원시적인 차이일 뿐이다. 그러므로 전자보다 후자에게 뜨듯한 맛이 더 있어 보인다. 식자우환으로 조금 아는 것을 잘 소화시키지 못한 나는 점점 한쪽으로 달아난다. 이런 결점이 보일 때마다 늘 반성하는 동시에 후자에게 더욱 친근한 맛을 느끼게 되는 것이다. 또 한 가지 나는 어찌하면 나와 남 사이에 평화롭게 살아볼까 하는 것이었다. 파리 사람들의 사교심이든지 조선 농촌의 원시심이 그 요점은 극기다. 사람이 다 각각 개성이 있는 이상 나만 세울 수 없는 것이다. 더욱이 지방 부인들의 극기심, 즉 부인의 덕이며 많은 친척 사이에 융화해 가는 포용성은 수양상 반드시 한 번은 보아 둘 필요가 있는 것이라고 절실하게 느낀다. 이 여러 가지 점으로 보아 환경을 벗어나지 못했다는 것보다 환경을 이용할 수 있었던 것이다.

● 무서운 것 세 가지

그렇다고 나는 이상과 같은 소극적 행동을 좋아하지 아니한다. 경우가 흐리고 기운이 실미지근하며 개성이 똑똑하지 못한 것을 싫어하고 미워한다. 과도기 사람들은 남의 변한 행동을 보기 좋아하면서 자기의 인습적 행동에서 벗어나지 못하는 것이다. 그리하여 누가 앞서기를 기다리고 껑충 뛰는 자를 비록 입으로는 비난하더라도 몸으로는 존경을 표하는 것이다. 이러한 적극적인 인물이 필요하다고 생각한다. 그러나 조선 사람의 환경에서 그처럼 껑충 뛸 사람이 용이히 생겨날는지?

이것저것 주워 모은 결론의 요점이 이것이다. 세상에는 무서운 것이 세 가지가 있다. 사람이 무섭고, 돈이 무섭고, 세상이 무섭다. 사람이 사람답게 나든지 또 하고자 하면 못 할 것이 없다. 돈만 있으면 못 갈 곳이 없다. 능히 못 할 것이 없다. 그러고 세상을 알고 보면 무섭다. 용기가 줄어든다. 사람이면 다 사람이랴 사람이라야 사람이지. 사람 하나 되기에 얼마나 한 시일과 경험과 번민 고통이 쌓이는지. 돈이 귀한 줄 뉘 모르며 더구나 조선 사람의 돈 난리는 곳곳에서 들리는 바 아닌가. 돈 있는 자는 활기가 들고 돈 없는 자는 어깨가 축 처진다. 돈 없으면 이탈리아니 프랑스니 어디를 다 어떻게 다녀왔으랴. 세상은 이런 세상도 있고 저런 세상도 있어 세계 중에는 형형색색의 세상이 많다. 이 세상에서는 저 세상을 동경하고 저 세상에서는 이 세상을 동경하니 어느 것이 좋으며, 어느 것이 나으며, 어느 것이 옳은지 조금 아는 지식으로는 판단하기 어렵다. 도로 제 것으로 돌아가는 수밖에 없는 것이다. 그러므로 알고 도루묵이나 모르고 도루묵이 되기는 일반이다. 이와 같이 세 가지 무서운 것을 알았다. 또 체험했다. 우리가 수양하는 것, 활동하는 것이 다 이 세 가지 중 하나를 얻으려는 것이 아닌가 생각한다.

평면과 입체를 통해 용기화에 나타나는 무수한 선이 보이는 것같이 눈을 감고 있으면 서양에 있을 때는 서양의 입체만 보이고 조선의 평면이 보였던 것이 조선 오니 조선의 입체가 보이고 서양의 평면이 보인다. 평면과 입체가 합해야 한 물체가 된 것같이 평면, 즉 외면과 입체, 즉 내부가 합해 한 사회가 성립된 것이니 어느 것을 따로 떼어볼 수가 없다. 잠깐 들르는 객에게 난 내부를 알 여가가 없고 또 얼른 보이지도 아니하고 한이 없는 것이었다. 그러므로 나는 그 외면에 나타나는 몇 가지를 취해 가지고 왔을 뿐이다. 그러면 구미인의 사는 것은 어떠하며 우리 사는 것은 어떠한가? 한말씀 말하면 그들은 꼭꼭 씹어서 단맛 신맛 짠맛을 다 알아 삼켜서 소화하는 것이요, 우리는 된 대로 꿀떡 삼켜 아무 맛을 모르는 것이다. 결국 대변 되기는 일반이나 대변 될 동안에 경로가 얼마나 다른가.

그리하여 그들은 생의 맛을 즐길 줄 안다. 즉 어찌하면 잘 놀까 하는 것이 걱정거리다. 일할 때는 한껏 일하고 놀 때는 흥껏 논다.

감정이 솟을 때는 불이라도 붙을 듯하고 이지가 발할 때는 얼음과 같이 차다. 그러나 산뜻하고 다정하고 박애스러운 것이야 아무리 사교술이라 하더라도 유혹 아니 될 수 없다. 그러면 우리 사는 것은 어떠한가? 날 가는 줄 모르게 늘 지지하다. 그리고 감정과 이지를 절충해서 산다. 또 그들 부녀들은 각자도생으로 의복을 입고 모자를 쓴다. 즉 창작성이 풍부하다. 그리하여 이상한 자태가 보이면 그것을 귀히 여기고 그 사람을 존경하고 그것을 장려한다. 그러므로 그 사회에는 창작품이 많고 진보가 있다. 우리는 어떠한가? 좀 이상스러운 것만 보면 욕설과 비방으로 누르고 비웃는다. 이러므로 창작물이 있을 리 만무하다. 개인으로 창작성이 없는 자나 사회로 창작물이 없는 것은 진보가 없다고 볼 수밖에 없다.

무식하나마 세계를 보고 온 머리로 그야말로 원시적이다 싶은 구미보다 2, 3세기 뒤진 조선 농촌에서 생활을 하고 있으려니 모든 것이 어울리지 아니하고 그 결점이 확실히 눈에 띄어 다시 외국에 들어선 감이 생긴다. 그리하여 내 머리로는 딴생각을 하면서 몸으로는 그들에게 싸이게 하느라 애를 무한이 쓰게 되고 남 보기에는 얼빠진 사람같이 된다.

● 내가 구미 갈 때의 목적

내가 구미를 향해 떠날 때 나는 무슨 목적으로 가나 하고 생각했다. 내게는 안심을 주지 못하는 네 가지 문제가 있었다. 하나는, 사람은 어떻게 살아야 좋을까? 둘은, 남녀 간에 어찌하면 평화스럽게 살까? 셋은, 여자의 지위는 어떠한 것인가? 넷은, 그림의 요점이 무엇인가였다. 그곳에 가서는 두 가지 고려 중에 있었다. 즉 한 곳에 머물러 파리 살롱에 입선이라도 할까, 또 하나는 부군을 따라 여러 나라의 인정 풍속을 구경할까였다. 나는 후자를 취했다. 그리하여 단시일에 9개국을 보고 오니 모두 그것이 그것 같아 머릿속이 뒤범벅이 되고 두서를 차릴 수 없게 되었다.

게다가 곧 해산을 하고 산후의 설사병으로 쇠약해졌다. 마치 무엇을 잡으려고 헐떡 애를 쓰나 잡혀지지 아니하는 것 같았다. 이것은 내게 튼튼한 예비지식이 없었던 까닭이라고 생각한다. 그러나 때가 가고 날이 갈수록 한 가지 한 가지씩 정리가 되어 차차 두서를 차리게 된다. 그러는 동안에 세월은 빨라 2월 10일 집에 도착하던 만1개년이 되고 말았다. 다만 애처롭고 아까운 것은 거대한 금전과 무수한 시간과 무한한 정력을 들여 얻은 구미에 대한 인상은 점점 희미해지는 것이다. 오죽 꿈속에서 왔다 갔다 하다가 새벽잠이 깨어 과거를 돌이켜 추억하기에 날 새우는 줄 모를 뿐이다. 아, 아 자유, 평등, 박애의 세상 파리가 그리워.

내게 큰병이 있다. 그것은 무엇에든지 화(化)해지지 않는 재주다. 나는 이 재주를 가진 사람을 부러워하나 내게는 있어지지를 아니한다. 나는 이러한 나를 퍽 미워하고 싫어한다. 그러나 배냇병신인 데야 어찌하랴. 이는 보는 것 듣는 것 배우는 것을 내게 화하려는 고집이 있는 까닭이다. 즉 내 것을 만든 후에 유쾌함을 느끼는 까닭이다. 다시 말하면 부득이 하고 싶지 아니하다. 내게는 무엇에든지 의미를 붙여 즐겨서 하는 것이 되어야 속이 시원한 이상한 심사가 있다. 그러므로 내가 지금까지 조선 대중의 생활을 떠나, 별천지에서 살았던 것이 다시 조선인의 생활로 들어서려면 농촌 생활의 정도로부터 살아볼 필요가 절실히 있었다. 내게 농촌 생활이 얼마나 필요했는지.

나는 때때로 이런 생각을 한다. 사람의 머리가 왜 서울 종로에 달린 종만 하지 아니한가. 더구나 조선 신여성의 머리가. 그들의 생활은 얼마나 복잡하며 무거운지.

폭풍우가 지나갔다. 맑은 하늘빛이 들 때 그에 비치는 산천 초목은 얼마나 명랑한가.

다시 엄동이 닥쳐왔다. 백설은 쌓여 은세계가 되고 말았다. 저 수평선에 덮인 백설은 얼마나 아름답고 결백하고 평화스러운가. 그러나 그것을 헤치고 빛을 보자 얼마나 많은 요철 굴곡이 있는가?

— 《삼천리》, 1932년 1월

여자도 다 같은
사람이외다

이혼 고백서 _ 청구 씨에게

나이 40, 50에 가까웠고 전문 교육을 받았고 남들의 용이히 할 수 없는 구미 만유를 했고, 또 후배를 지도할 만한 처지에 있어서 그 인격을 통일하지 못하고 그 생활을 통일하지 못한 것은 두 사람 자신은 물론 부끄러워할 뿐 아니라 일반 사회에 대해서도 면목이 없으며 부끄럽고 사죄하는 바외다.

청구(나혜석의 남편 김우영의 호) 씨!

난생처음으로 당하는 이 충격은 너무 상처가 심하고 치명적입니다. 비탄, 통곡, 초조, 번민 이래 일체의 궤로에서 생의 방황을 하면서 한편으로 심연의 밑바닥에 던진 씨를 나는 다시 청구 씨 하고 부릅니다.

청구 씨! 하고 부르는 내 눈에는 눈물이 그득 차집니다. 이것을 세상은 나를 '약자야!' 하고 부를까요?

날마다 당하고 지내는 씨와 나 사이는 깊이 이해하고 자세히 알고 자부하던 우리 사이가 몽상에도 생각하지 않던 상처의 운명의 경험을 어떻게 현실의 사실로 알 수가 있으리까. 모두가 꿈, 모두가 악몽, 지난 비극을 나는 일부러 이렇게 부르고 싶은 것이 내 거짓 없는 진정입니다.

'선량한 남편.' 적어도 당신과 나 사이에 과거 생활 궤로에 나타나는 자세가 아니오리까. '선량한 남편' 사건 이래 얼마나 부정하려 했으나, 결국 그러한 자세가 지금 상처를 받은 내 가슴속에 소생하는 청구 씨입니다.

사건 이래 타격을 받은 내 가슴속에는 씨와 나 사이 부부생활 11년 동안의 인상과 추억이 명멸해집니다. 모든 것에 무엇 하나 조금도 불만과 불평과 불안이 없었던 것이 아닙니까? 씨의 일상의 어느 한 가지나 처인 내게 의심이나 불쾌를 가진 아무것도 없었던 것 아닙니까?

저녁때면 사퇴 시간에 꼭꼭 돌아왔으며 내게나 어린애들에게 자애 있는 미소를 띠는 씨였습니다. 연초는 소량으로 피우나 주량은 조금도 없었습니다. 이 의미로 보면 씨는 세상에 드문 '선량한 남편'이라고 아니 할 수 없나이다. 그런 남편이니 나는 씨를 신임 아니 할 수 없었나이다. 아니 꼭 신임했습니다. 그러한 씨가 숨은 반면에 무서운 결단성, 참혹한 업

신여김이 포함되어 있을 줄이야 누가 꿈엔들 생각했으리까. 나를 반성할 만한, 나를 참회할 만한 존분의 틈과 여유도 주지 아니한 씨가 아니었습니까? 어리석은 나는 그래도 혹 용서를 받을까 하고 애걸복걸하지 아니했는가.

미증유의 불상사, 세상의 모든 신용을 잃고 모든 공분, 비난을 받으며 부모 친척의 버림을 받고 옛 좋은 친구를 잃은 나는 물론 불행하려니와 이것을 단행한 씨에게도 비탄, 절망이 적지 아니할 것입니다. 오직 나는 황야에 헤매고 어두운 밤에 쓸쓸함을 바라고 얼이 빠질 뿐입니다.

떨리는 두 손에 화필과 팔레트를 들고 암흑을 향해 가는 것인가? 그렇지 않으면 빛의 순간을 구함인가? 너무 크고 너무 중한 상처의 충격을 받은 내게는 각각으로 절박한 쓸쓸한 생명의 부르짖음을 듣고 울고 쓰러지는 충동으로 가슴이 터지는 것 같사외다.

우리 두 사람의 결혼은 '거짓 결혼'이었나? 혹은 피차에 이해와 사랑으로 결합하면서 그 생활에 흐름을 따라 우리 결혼은 거짓의 기로에 떨어진 것이 아니었는가? 나는 구태여 우리 결혼, 우리 생활을 '거짓'이라 하고 싶지 않소. 그것은 이미 결혼 당시에 모든 준비, 모든 서약이 성립되어 있었고 이미 그것을 다 실행해온 까닭입니다.

청구 씨!

광명과 암흑을 다 잃은 나는 이 공허한 상태에서 정지하고 서서 한 번 더 자세히 반성할 필요가 있다고 생각합니다. 이와 같이 염두하는만큼 나는 비통한 각오 앞에 서 있습니다. 세상의 모든 조소, 질책을 감수하면서 이 십자가를 등지고 묵묵히 나아가려 하나이다. 광명인지 암흑인지 모르는 인종과 절대적 고민 밑에 흐르는 조용한 생명의 속삭임을 들으면서 한 번 더 갱생을 향해 행진을 계속할 결심이외다.

약혼까지의 내막

내가 열아홉 살 되었을 때 일이외다. 약혼했던 애인이 지병으로 사거했습니다. 그때 내 가슴의 상처는 심해 일시 발광이 되었고 그리하여 신경쇠약이 만성에 달했습니다. 그해 여름 방학에 도쿄에서 나는 귀향했나이다. 그때 우리 오빠를 찾아 또 나를 보려 겸겸해 우리 집 사랑에 손님으로 온 이가 씨였습니다. 씨는 그때 상처한 지 이미 3년이 되던 해라 매우 고

독한 때였습니다. 나는 사랑에서 조카딸과 놀다가 씨와 딱 마주쳤습니다. 이 기회를 타서 오빠가 인사를 시켰습니다. 씨는 며칠 후 경성으로 가서 내게 긴 편지를 보냈습니다. 솔직하고 열정으로 써 있었습니다. 우선 자기 환경과 심신의 고독으로 아내를 얻어야겠고 그 상대자가 되어주기를 바란다는 것이었사외다. 나는 물론 답하지 아니했습니다. 내게는 그만한 마음의 여유가 없었던 것이외다. 두 번째 편지가 또 왔습니다. 나는 간단히 답장을 했습니다. 며칠 후에 그는 또 내려왔습니다. 파인애플과 과실을 사 가지고. 나는 이번에는 보지 아니했습니다. 씨는 본향으로 내려가면서 도쿄 갈 때 편지해 달라고 했습니다.

그 후 내가 도쿄를 갈 때 무의식적으로 엽서를 써서 보냈습니다.

밤중 오사카를 지날 때 웬 사각 모자를 쓴 학생이 인사를 했습니다. 나는 알아보지 못했던 것이외다. 교토까지 같이 와서 나는 동행 4, 5인이 있어 직행했습니다.

도쿄 히가시오오쿠보에서 동행과 같이 자취 생활을 할 때이외다. 씨는 토산물 하츠바시 떡을 사 들고 찾아왔습니다. 씨는 동경제대 청년회 웅변대회에 연사로 왔습니다. 낮에는 반드시 내 책상에서 초고를 해 저녁때면 돌아가서 반드시 편지했습니다. 어느 날 밤 돌아갈 때였습니다. 전차 정류장에서 내가 손을 내밀었습니다. 씨는 뜨겁게 악수를 하고 이내 가까운 수풀로 가자고 하더니 거기서 하느님께 감사하다는 기도를 올렸습니다.

이와 같이 씨의 편지, 씨의 말, 씨의 행동은 이성을 초월한 감정뿐이었고 열뿐이었사외다. 나는 이 열을 받을 때마다 기뻤습니다. 나도 모르는 중 그 열 속에 녹아 들어가는 감이 생겼나이다. 씨는 교토, 나는 도쿄에 있으면서 하루에 한 차례씩 올라오기도 하고, 혹 산보하다가 순사에게 주의도 받고, 혹 보트를 타고 하루의 유쾌함을 지낸 일도 있고, 설경을 찾아 여행한 일도 있었습니다.

이렇게 6년간 끄는 동안 씨는 몇 번이나 혼인을 독촉한 일이 있었습니다. 그러나 나는 단행하고 싶지 아니했습니다. 그는 무엇보다 남이 알 수 없는 마음 한구석에 남은 상처의 자리가 아직 아물지 아니했음이요, 하나는 씨의 사랑이 이성을 초월할 만큼 무조건적 사랑, 즉 이성 본능에 지나지 않는 사랑이요, '나라는 한 개성에 대한 이해가 있을까?' 하는 의심이 생긴 것이외다. 그리하여 본능적 사랑이라 할진대 나 외에 다른 여성이라도 무관할 것이요, 하필 나를 요구할 필요가 없을 듯 생각하던 것이었습니다. 전 인류 중 하필 너는 나를 구하고 나는 너를 짝지으려 하는 데는 네가 내게 없어서는 아니 되고 내가 네게 없어서는 아니 될 무엇 하나를 찾아 얻지 못하는 이상 그 결혼 생활은 영구하지 못할 것이요, 행복하지 못하리라는 것을 나는 일찍이 깨달은 것이었습니다. 그렇다고 나는 그를 놓기 싫었고 씨는 나를 놓지 아니했습니다. 다만 결행을 못 할 따름이었습니다.

그러다가 양편 친척들의 권유와 자기 책임상 날을 잡아 결혼한 것이었습니다. 그때 내가 씨에게 요구한 조건은 이러했습니다.

일생을 두고 지금과 같이 나를 사랑해주시오.
그림 그리는 것을 방해하지 마시오.
시어머니와 전실 딸과는 별거하게 해주시오.

씨는 무조건하고 응낙했습니다.

내 요구하는 대로 신혼여행으로 궁촌 벽산에 있는 죽은 애인의 묘를 찾아주었고, 석비까지 세워준 것은 내 일생을 두고 잊지 못할 사실이외다. 여하튼 씨는 나를 모든 생명으로 사랑했던 것은 확실한 사실일 것입니다.

● 11년간 부부 생활

경성에서 3년간, 안동현에서 6년간, 동래에서 1년간, 구미에서 1년 반 동안 부부 생활을 하는 동안 딸 하나, 아들 셋, 소생 4남매를 얻게 되었습니다. 변호사로, 외교관으로, 유람객으로, 아들 공부로, 화가로, 처로, 어머니로, 며느리로, 이 생활에서 저 생활로, 저 생활에서 이 생활로 껑충껑충 뛰는 생활을 하게 되었습니다. 경제상 넉넉했고, 하고자 하는 바를 다 해왔고, 노력한 바가 다 성취되었습니다. 이만하면 행복스러운 생활이라고 할 만했습니다. 씨의 성격은 어디까지든지 이지를 떠난 감정적이어서 일촌의 앞길을 예상하지 못했습니다. 나는 좀 더 사회인으로, 주부로, 사람답게 잘 살고 싶었습니다. 그리함에는 경제도 필요하고, 시간도 필요하고, 노력도 필요하고, 근면도 필요했습니다. 불민한 점이 적지 아니했으나 동기는 사람답게 잘살자는 건방진 이상이 뿌리가 빼어지지 않는 까닭이었습니다. 덤으로 부부간 충돌이 생긴 뒤는 반드시 아이가 하나씩 생겼습니다.

● 주부로서 화가 생활

내가 출품한 작품이 특선이 되고 입상 될 때 씨는 나와 똑같이 기뻐해주었습니다. 모든 사람은 내게 남편 잘 둔 덕이라고 칭송이 자자했습니다. 나는 만족했고 기뻤나이다.

주위 사람 및 남편의 이해도 필요하거니와 이해하도록 하는 것이 필요하외다. 모든 것의 출발점은 다 자아에게 있는 것이외다. 한집 살림살이를 민첩하게 해놓고 남은 시간을 이용하는 것을 반대할 사람은 없을 것이외다. 나는 결코 집안일을 범연히 하고 그림을 그려 온 일은 없었습니다. 내 몸에 비단옷을 입어본 일이 없었고 1분이라도 놀아본 일이 없었습니다. 그러므로 내게 제일 귀중한 것이 돈과 시간이었습니다. 지금 생각컨대 내게서 가정의 행복을 가져간 자는 내 예술이 아닌가 싶습니다. 그러나 이 예술이 없고는 감정을 행복하게 해줄 아무것이 없었던 까닭입니다.

● 구미 만유

구미 만유를 향하게 해준 후원자 중에는 씨의 성공을 비는 것은 물론이요, 내 성공을 비는 자도 있었습니다. 그리하여 우리의 구미 만유는 의외에 쉬운 일이었습니다. 사람은 하나를 더 보면 더 보는 만큼 자기 생활이 새롭게 나아지는 것이요, 풍부해지는 것이외다. 구미를 만유한 후에 씨는 정치관이 생기고 나는 인생관이 다소 정돈이 되었나이다.

1. 사람은 어떻게 살아야 좋을까? 동양 사람이 서양을 동경하고 서양인의 생활을 부러워하는 반면에 서양을 가보면 그들은 동양을 동경하고 동양 사람의 생활을 부러워합니다. 그러면 누구든지 자기 생활에 만족하는 자는 없사외다. 오직 그 마음 하나 먹기에 달린 것뿐이외다. 돈을 많이 벌고 지식을 많이 쌓고 사업을 많이 하는 중에 요령을 획득해 그 마음에 만족을 느끼게 되는 것이외다. 즉 사람과 사물 사이에 신의 왕래를 볼 때뿐 만족을 느끼게 되는 것이외다.

2. 부부간에 어떻게 하면 화합하게 살 수 있을까? 한 개성과 다른 개성이 합한 이상 자기만 고집할 수 없는 것이외다.

다만 극기를 잊지 않는 것이 요점입니다. 그리고 부부 생활에는 세 시기가 있는 것 같사외다. 첫째, 연애 시기에는 상대자의 결점이 보일 여가 없이 장점만 보입니다. 다 선화, 미화할 따름입니다. 둘째, 권태 시기. 결혼해 3, 4년이 되도록 자녀가 생겨 권태를 잊게 아니 한다면 권태증이 심해집니다. 상대자의 결점이 눈에 띄고 싫증이 나기 시작됩니다. 통계를 보면 이때 이혼 수가 가장 많습니다. 셋째, 이해 시기. 이미 남편이나 처가 피차에 결점을 알고 장점도 아는 동안 정이 깊어지고 새로운 사랑이 생겨 그 결점을 눈감아 내리고 그 장점을 조장하고 싶을 것이외다. 부부 사이가 이쯤 되면 무슨 장애물이 있든지 떠날 수 없게 될 것이외다. 이에 비로소 아름다움과 선함이 나타나는 것이요, 그 안에 부부 생활의 의의가 있을 것입니다.

3. 구미 여자의 지위는 어떠한가? 구미의 일반 정신은 큰 것보다 작은 것을 존중히 여깁니다. 강한 것보다 약한 것을 아껴 줍니다. 어느 회합에든지 여자 없이는 중심점이 없고 기분이 조화되지 못합니다. 여자는 한 사회의 주인공이요, 한 가정의 여왕이요, 한 개인의 주체외다. 그것은 소위 크고 강한 남자가 옹호함으로 뿐만 아니라 여자 자체가 그만큼 위대

한 매력을 가짐이요, 신비성을 가진 것입니다. 그러므로 새삼스레 평등, 자유를 요구할 것이 아니라 본래 평등, 자유가 갖추어져 있는 것이외다. 우리 동양 여자는 그것을 오직 자각하지 못한 것이외다. 우리 여성의 힘은 위대한 것이외다. 문명해지면 해질수록 그 문명을 지배할 자는 오직 우리 여성들이외다.

4. 그 외의 요점은 무엇인가? 데생이다. 그 데생은 윤곽뿐의 의미가 아니라 칼라, 즉 색채와 하모니, 즉 조화를 겸용한 것이외다. 그러므로 데생이 확실하게, 한 모델을 능히 그릴 수 있는 것이 급기야 일생의 중요한 일이 되고 맙니다.

무식하나마 이상 네 문제를 다소 해결하게 되었습니다. 그러므로 내 생활 목록이 지금부터 전개되는 듯싶었고 출발점이 이로부터 되리라고 생각했습니다. 따라서 이상도 크고 구체적 고안도 있었습니다. 하여간 앞길을 무한히 낙관했으나 과연 어떠한 결과를 맺게 되었는지 스스로 부끄러워 마지않는 바외다.

● 시어머니와 시누이의 대립적 생활

시어머니는 결혼 후 1년간 우리와 동거하다가 철없이 살아가는 젊은 내외의 장래를 보장하기 위해 고향인 동래로 내려가서 집을 장만하고 매달 보내는 돈을 절약해 땅마지기를 장만하고 계셨습니다. 그의 오직 소원은 아들 며느리가 늙게 고향에 돌아와 친척들을 울 삼고 살라 함이요, 자기가 푼푼 전전이 모은 재산을 아버지 없이 기른 아들에게 유산하는 것이외다. 그리하여 이 재산이란 것은 3인이 합동해 모은 것이외다. 얼마 되지 않으나 한 사람은 벌고, 한 사람은 절약해 보내고, 한 사람은 모아서 산 것이외다. 그리하여 두 집 살림이 물 샐 틈 없이 째이고 재미스러웠사외다. 이렇게 화락한 가정에 파란을 일으키는 일이 생겼사외다.

우리가 구미 만유하고 돌아온 지 한 달 만에 셋째 시삼촌이 타지방에서 농사짓던 것을 집어치우고 한푼 준비 없이 장조카 되는 큰댁, 즉 우리를 믿고 고향을 찾아 돌아온 것이외다.

어안이 벙벙한 지 며칠이 못 되어 둘째 시삼촌이 또 다섯 식구를 데리고 왔습니다. 귀가 후 취직도 아니 된 때라 돕지도 못하고 보자니 딱하고 실로 난처한 처지였사외다. 할 수 없이 삼촌 두 분은 1년간 아랫방에 모시고, 사촌들은 다 각각 취직하게 했습니다. 이러고 보니 근친 간 자연 적은 말이 늘어지고 없는 말이 생기기 시작하게 되었고, 큰 사건은 조석이 없는 사촌 아들을 아무 예산도 없이 고등학교에 입학을 시키고 그 학비는 우리가 맡게 된 것이외다.

만유 후에 감상담 들으러 경향 각처로부터 오는 지인 친구를 대접하기에도 넉넉하지 못했사외다. 없는 것을 있는 체하고 지내는 것은 허영이나 출세 방침상 피치 못할 사교였사외다. 이것을 이해해줄 그들이 아니었사외다. 나는 부득이 남편이 취직할 동안 1년간만 정학해 달라고 요구했사외다. 삼촌은 노발대발했사외다. 이러자니 돈이 없고 저러자니 인심 잃고 실로 어쩔 길이 없었나이다.

그때 씨는 외무성에서 총독부 사무관으로 가라는 것을 싫다 하고, 관리하는 전보를 두 번이나 거절하고, 고집을 부려 변호사 개업을 시작하고, 경성 어느 여관객이 되어서 예쁜 기생, 돈 많은 갈보들의 유혹을 받으면서 내가 모씨에게 보낸 편지가 구실이 되어 이 요릿집 저 친구에게 이혼 의사를 공개하며 다니던 때였습니다. 동기에 아무 죄 없는 나는 방금 서울에 이혼설이 공개된 줄도 모르고 씨의 분을 더 돋우었으니

'일촌의 앞길을 헤아리지 못하는 이 천치 바보야. 나중 일을 어찌하려고 학비를 떠맡았느냐?' 했사외다.

우리 집 살림살이에 간접으로 전권을 가진 자가 있으니, 시누이외다. 모든 일을 시어머니에게 코치 노릇을 할 뿐 아니라 심지어 서울에서 온 손님과 해운대를 갔다 오면 내일은 반드시 시어머니가 없는 돈을 박박 긁어서라도 갔다 옵니다. 모두가 내 부덕의 소산이라 하겠으나 남보다 많이 보고 남보다 많이 배운 나로서 인정인들 남만 못하랴마는 우리의 이 역경에서 일어나기에는 아무 여유가 없었던 까닭이외다.

내가 구미 만유에서 돌아오는 길에 여러 친척 친구들에게 토산물을 다소 사 가지고 왔습니다. 그러나 시어머니와 시누이며 그 외 근친에게는 사 가지고 오지 아니했습니다. 이는 내가 방심했다는 것보다 그들에게 적당한 물건이 없었던 것이외다. 본국에 와서 사 드리려고 한 것이 흐지부지된 것이외다. 프랑스에서 오는 짐 두 짝이 모두 포스터와 그림엽서와 레코드와 화구뿐인 것을 볼 때, 그들은 섭섭히 여기고 비웃은 것이외다. 실로 사는 세상은 같으나 마음 세상이 다르고 하니 괴로운 일이 많았습니다. 이로 인해 시어머니와 시누이의 감정이 말하지 않는 중에 간격이 생긴 것이외다.

씨의 동북 남매가 3남매이외다. 누이 둘이 있으니 하나는 천치요, 하나는 지금 말하는 시누이니 과도히 똑똑해 빈틈없이 일처리를 하는 여자외다. 청춘과부로 재가했으나 일점혈육 없이 어디서 낳아 온 딸 하나를 금지옥엽으로 양육할 뿐이요, 남은 정은 어머니와 오라비에 쏟으니 전전 푼푼이 모은 돈도 오라비를 위함이라. 그리하여 될 수 있는 대로 오라비와 고향에서 가까이 살다가 여생을 마치려 함이었사외다. 어느 때 내가 "나는 동래가 싫어요. 암만해도 서울 가서 살아야겠어요." 했사외다. 이상의 여러 가지를 보아 오라비 댁은 어머니께 불효요, 친척과 불화요, 고향을 싫어하는 달뜬 사람이라고 결론이 된 것이외다. 이것이 어느 기회에 나타나 이혼설에 보조가 될 줄 하느님 외에 누가 알았으랴. 과연 좁은 여자의 감정이란 무서운 것이요, 그것을 짐작하지 못하고 넘어가는 남자는 한없이 어리석은 것이외다.

한 가정에 주부가 둘이어서 시어머니는 내 살림이라 하고 며느리는 따로 예산이 있고, 시누이가 간섭을 하고, 살림하는 마누라가 없는 일을 지어내고, 전후좌우에는 형제 친척이 와글와글하니, 다정하지도 못하고 약지도 못하고, 돈도 없고 방침도 없고, 나이도 어리고 구습에 단련도 없는 일개 주부의 처지가 난처했사외다. 사람은 외형은 다 같으나 그 내막이 얼마나 복잡하며 이성 외에 감정의 움직임이 얼마나 얼기설기 얽매었는가.

● C와 관계

C(최린)의 명성은 일찍부터 들었으나 처음 대면하기는 파리였사외다. 그를 대접하려고 요리를 하고 있는 내게 "안녕합쇼." 하는 첫인사는 유심히도 힘이 있었사외다. 이래 부군은 독일로 가서 있고, C와 나는 불어를 모르는 관계상 통역을 두고 언제든지 3인이 동반해 식당, 극장, 뱃놀이, 시외 구경을 다니며 놀았사외다. 그리하여 과거지사, 현재사, 장래지사를 논하는 중에 공명되는 점이 많았고 서로 이해하게 되었사외다. 그는 이탈리아 구경을 하고 나보다 먼저 파리를 떠나 독일로 갔사외다. 그 후 쾰른에서 다시 만났사외다. 내가 그때 이런 말을 했나이다.

"나는 공을 사랑합니다. 그러나 내 남편과 이혼은 아니 하렵니다."

그는 내 등을 뚝뚝 뚜드리며, "과연 당신의 할말이오. 나는 그 말에 만족하오." 했사외다.

나는 제네바에서 어느 고국 친구에게, "다른 남자나 여자와 좋아 지내면 반면으로 자기 남편이나 아내와 더 잘 지낼 수 있지요." 했습니다. 그는 공명했습니다.

이와 같은 생각이 있는 것은 필경 자기가 자기를 속이고 마는 것인 줄은 모르나 나는 결코 내 남편을 속이고 다른 남자, 즉 C를 사랑하려고 하는 것은 아니었나이다. 오히려 남편에게 정이 두터워지리라고 믿었사외다. 구미 일반 남녀 부부 사이에 이러한 공연한 비밀이 있는 것을 보고, 또 있는 것이 당연한 일이요, 중심 되는 본남편이나 본처를 어찌 않는 범위 내의 행동은 죄도 아니요, 실수도 아니라 가장 진보된 사람에게 마땅히 있어야만 할 감정이라고 생각합니다. 그러므로 이러한 사실을 판명할 때는 웃어 두는 것이 수요, 일부러 이름을 지을 필요가 없는 것이외다. 장발장이 생각납니다. 어린 조카들이 배고파서 못 견디는 것을 차마 볼 수 없어서 이웃집에 가 빵 한 조각 집은 것이 원인으로 전후 19년이나 감옥 출입을 하게 되었사외다. 그 동기는 얼마나 아름다웠던가. 도덕이 있고 법률이 있어 그의 양심을 속이지 아니했는가. 원인과 결과가 따로 나지 아니하는가. 이 도덕과 법률로 원통한 죽음이 오죽 많으며 원한을 품은 자가 얼마나 있을까.

● 가운은 역경에

소위 관리 생활할 다소 여유 있던 것은 고향에 집 짓고 땅 사고 구미 만유 시 2만여 원을 썼으며, 은사금으로 2천 원 받은 것이 변호사 개업 비용에 다 들어가고 수입은 한푼 없고 불경기는 날로 심혹해졌습니다. 아무 방침 없어 내가 직업 전선에 나서는 수밖에 없이 되었사외다. 그러나 운명의 마귀는 이 길까지 막고 있었습니다.

귀국 후 8개월 만에 심신 과로로 쇠약해졌습니다. 그리고 내 무대는 경성이외다. 경제상 관계로 서울에 살림을 차릴 수 없게 되었사외다. 또 어린것들을 떠나고 살림을 제치고 떠날 수도 없사외다. 꼼짝 못 하게 위기 절박한 가운데에서 마음만 졸이고 있을 뿐이었나이다. 만일 이때 젖먹이 어린것만 없고 취직만 되어 생계를 할 수 있었다면 우리 앞에 이러한 비극이 가로 걸치지는 아니했을 것이외다.

이때 일이었사외다. 소위 편지 사건이 그것이외다. 나를 도와줄 사람은 C밖에 없을 뿐이었사외다. 그리하여 무엇을 하나 경영해보려고 좀 내려오라고 한 것이외다. 그리고 다시 찾아 사귀기를 바란다고 한 것이외다. 그것이 중간 악한배들의 와전으로 인해 '내 평생을 당신에게 맡기오.'가 되어 씨의 대노를 산 것이외다. 내 말을 믿는다는 것보다 그들의 말을 믿을 만큼 부부의 정은 기울어지고, 씨의 마음은 변하기 시작했사외다.

조선에서도 생존 경쟁이 심하고 약육강식이 심해졌습니다. 게다가 남의 잘못되는 것을 잘되는 것보다 좋아하는 심사를 가진 사람들이라, 이미 씨의 입으로 이혼을 선전해놓고 편지 사건이 있고 해, 일없이 남의 말로만 종사하는 악한배들은 그까짓 계집을 데리고 사느냐고 하고, 천치 바보라 해 치욕을 가했다. 그중에는 유력한 코치자 그룹이 3, 4인 있어서 소위 사상가적 견지로 보아 나를 혼자 살도록 해보고 싶은 호기심으로 이혼을 강권하고 후보자를 얻어주고 전후 고안을 꾸며주었나이다. 그들의 심사에는 한 가정의 파멸, 어린이들의 앞날을 동정하는 인정미보다 이혼 후에 나와 C의 관계가 어찌 되는가를 구경하고 싶었고, 억세고 줄기찬 한 계집년의 앞날이 참혹히 무너지는 것을 연극 구경같이 하고 싶은 것이었사외다.

자기의 행복은 자기밖에 모르는 동시에 자기의 불행도 자기밖에 모르는 것이외다. 이 사람 저 사람에게 이혼 의사를 물어보고 10년간 동거하던 옛날 애처의 결점을 발로시키는 것도 보통 사람의 행위라 할 수 없거니와, 해라 해라 하는 추김에 놀아 결심이 굳어져 가는 것도 보통 사람의 행위라 할 수 없는 것이외다.

여하간 씨의 일가가 비운에 처한 동시에 일신의 역경이 절정에 달했사외다. 사건이 있으나 돈 없어서 착수하지 못하고, 여관에 있어 서너 달 숙박료를 못 내니 조석으로 주인 대할 면목 없고, 사회 측에서는 이혼설로 비난이 자자하니 행세할 체면 없고, 성격상으로 판단력이 부족하니 사물에 주저되고, 씨의 양뺨 뼈가 불쑥 나오도록 마르고, 눈이 쑥 들어가도록 밤에 잠을 못 자고 번민했사외다. 씨는 잠 아니 오는 밤에 곰곰이 생각했사외다. 우선 질투에 바쳐 오르는 분함은 얼굴을 붉게 했사외다. 그리고 자기가 자기를 생각하고 또 세상맛을 본 결과 돈 벌기처럼 어려운 것이 없는 줄 알았사외다. 안동현 시절에 남용하던 것이 후회스럽고, 아내가 그림 그리려고 화구 산 것이 아까워졌나이다.

사람의 마음은 마치 배 돛대를 바람을 끼워 달면 바람을 따라 달아나는 것같이 그 근본 생각을 다는 데로 모든 생각은 다 그 편으로 향해 달아나는 것이외다. 씨가 그렇게 생각할수록 한시도 그 여자를 자기 아내 명의로 두고 싶지 않은 감정이 불과 같이 일어났사외다. 동시에 그는 자기 친구 한 사람이 기생 서방으로 놀고 편히 먹는 것을 보았사외다. 이것도 자기 역경에서 다시 살리는 한 방책으로 생각했을 때, 이혼설이 공개되니 여기저기 돈 있는 갈보들이 후보 되기를 청원하는 자가 많아 그중에서 하나를 취했던 것이외다.

때는 아내에게 이혼 청구를 하고, 만일 승낙하지 아니하면 간통죄로 고소하겠다고 위협을 하는 때였사외다. 아아, 남성은 평시 무사할 때는 여성의 받치는 애정을 충분히 향락하면서 한번 법률이라든가 체면이라는 형식적 속박을 받으면 어제까지의 방자하고 향락하던 자기 몸을 돌이켜 오늘의 군자가 되어 점잔을 빼는 비겁자요, 횡포자가 아닌가. 우리 여성은 모두 일어나 남성을 저주하고자 하노라.

● 이혼

내가 아이들을 데리고 동래에 있었을 때외다. 경성에 있는 씨가 도착한다는 전보가 왔습니다. 나는 대문 밖까지 출영했사외다. 씨는 나를 보고 심히 언짢아하며 실쭉합니다. 그의 안색은 창백했고 눈은 올라갔나이다. 나는 깜짝 놀랐사외다. 그리고 무슨 불상사가 있는 듯해 가슴이 두근거렸나이다. 씨는 건넌방으로 가더니 나를 부릅니다.

"여보, 이리 좀 오오."

나는 건너갔사외다. 아무 말 없이 그의 눈치만 보고 앉았사외다.

"여보, 우리 이혼합시다."

"그게 무슨 소리요? 별안간에."

"당신이 C에게 편지하지 않았소?"

"했소."

"'내 평생을 바치오.' 하고 편지 안 했소?"

"그렇지 아니 했소."

"왜 거짓말을 해. 하여간 이혼해."

그는 부등부등 내 장속에 넣어 두었던 중요 문서 및 보험권을 꺼내서 각기 나눠 안방으로 가져가서 자기 어머니에게 맡깁니다.

"얘, 고모 어머니 오시래라. 삼촌 오시래라."

미구에 하나씩 둘씩 모여들었습니다.

"나는 이혼을 하겠소이다."

"얘, 그게 무슨 소리냐? 어린것들은 어쩌고."

어제 경성에서 미리 온 편지를 보고 병석처럼 하고 누워 있던 시어머니는 만류했사외다.

"어, 그 사람 쓸데없는 소리."

형은 말했사외다.

"형님, 그게 무슨 소리요?"

"서방질하는 것하고 어찌 살아요."

일동은 잠잠했다.

"이혼 못 하게 하면 나는 죽겠소."

이때 일동은 머리를 한데 모으고 소곤소곤했소이다. 시누이가 주장이 되어 일이 결정되었나이다.

"네 마음대로 해라. 어머니에게도 불효요, 친척에게도 불화란다."

나는 좌중에 뛰어들었습니다.

"하고 싶으면 합시다. 이러니저러니 여러 말 할 것도 없고, 없는 허물을 잡아낼 것도 없소. 그러나 이 집은 내가 짓고 그림 판 돈도 들었고, 돈 버는 데 혼자 벌었다고도 할 수 없으니 전 재산을 반분합시다."

"이 재산은 내 재산이 아니다. 다 어머니 것이다."

"누구는 산송장인 줄 아오. 주기 싫단 말이지."

"죄 있는 계집이 무슨 뻔뻔으로."

"죄가 무슨 죄야, 만드니 죄지!"

"이것만 줄 것이니 팔아 가거라."

씨는 논문서 한 장과 약 5백 원 가량 가격이 되는 것을 내어 준다.

"이따위 것을 가질 내가 아니다."

씨는 경성으로 간다고 일어선다. 그 길로 누이 집으로 가서 의논하고 갔사외다.

나는 밤에 잠을 이루지 못하고 곰곰이 생각했사외다.

'아니다 아니다, 내가 사죄할 것이다. 그리고 내 동기가 악한 것이 아니었다는 것을 말하자. 일이 커져서는 재미없다. 어린것들의 앞날을 보아 내가 굴하자.'

나는 불현듯 경성을 향했사외다. 여관으로 가서 그를 만나

보았사외다.

"모든 것을 내가 잘못했소. 동기만은 결코 악한 것이 아니었소."

"지금 와서 이게 무슨 소리야. 어서 도장이나 찍어."

"어린 자식들은 어찌하겠소."

"내가 잘 기르겠으니 걱정 말아."

"그러지 맙시다. 당신과 내 힘으로 못 살겠거든 우리 종교를 잘 믿어 종교의 힘으로 삽시다. 예수는 만인의 죄를 대신해 십자가에 못 박히지 아니했소?"

"듣기 싫어."

나는 눈물이 났으나 속으로 웃었다. 세상을 그렇게 비뚜로 얽어맬 것이 무엇인가. 한번 남자답게 껄껄 웃어 두면 만사무사히 되는 것 아닌가. 나는 씨가 요지부동할 것을 알았사외다. 나는 모씨에게로 달려갔사외다.

"오빠, 이혼을 하자니 어쩔까요?"

"하지. 네가 고생을 아직 모르고 사니까 고생을 좀 해보아야지."

"저는 자식들 앞날을 보아 못 하겠어요."

"엘런 케이 말에도 불화한 부부 사이에 기르는 자식보다 이혼하고 새 가정에서 기르는 자식이 양호하다지 아니했는가."

"그것은 이론에 지나지 못해요. 모성애는 존귀하고 위대한 것이니까요. 모성애를 잃은 어미도 불행하거니와 모성애로 자라지 못하는 자식 또한 불행하외다. 이것을 아는 이상 나는 이혼하지 못하겠어요. 오빠, 중재를 시켜주셔요."

"그러면 지금부터 반드시 현모양처가 되겠는가?"

"지금까지 내 스스로 현모양처 아니 된 일 없으나 씨가 요구하는 대로 하지요."

"그러면 내 중재해보지."

모씨는 전화기를 들어 사장과 영업국장에게 전화를 걸었사외다. 중재를 시키자는 말이었사외다. 전화 답이 왔사외다. 타협 될 희망이 없으니 단념하라 하나이다. 모씨는, "하지, 해. 그만큼 요구하는 것을 안 들을 필요가 무엇 있나."

씨는 소설가이니 인생 내면에 고통보다 사건 진행에 호기심을 가진 것이었사외다.

나는 여기에서도 만족을 얻지 못하고 돌아왔나이다. 그날 밤 여관에서 잠이 안 와서 엎치락뒤치락할 때 사랑에서는 기생을 불러다가 '흥이냐 흥이냐' 놀며 때때로 껄껄 웃는 소리가 스며들어 왔나이다. 이 어이한 때 모순이냐. 상대자의 불품행을 논할진대 자기 자신이 청백할 것이 당연한 일이거늘 남자라는 명목하에 이성과 놀고 자도 관계없다는 당당한 권리를 가졌으니 사회제도도 제도려니와 몰상식한 태도에는 절로 웃음이 나왔나이다. 마치 어린애들이 하는 장난 모양으로 너 그러니 나도 이러겠다는 행동에 지나지 아니했사외다. 인생 생활의 내막의 복잡한 것을 일찍이 직접 경험도 못 하고 능히 상상도 못 하는 씨의 일이라. 미구에 후회날 것을 짐작하나, 이미 기생 애인에 열중하고 지난 일을 구실 삼아 이혼 주장을 고집불통하는 데야 씨의 마음을 돌이키게 할 아무 방침이 없었사외다.

나는 부득이 동래를 향해 떠났사외다. 봉천으로 달아날까, 일본으로 달아날까, 요 고비만 넘기면 무사하리라고 확신하는 바였사외다. 그러나 불행히 내 수중에는 그만한 여비가 없었던 것이외다. 고통에 못 견뎌 대구에서 내렸사외다. Y씨 집을 찾아가니 반가워하며 연극장으로, 요릿집으로, 술도 먹고, 담배도 피우며, 그 부인과 3인이 날을 새웠사외다. 씨는 사위 얻을 걱정을 하며 인재를 구해 달라고 합니다. 나만 아는 내 고통은 쉴 새 없이 내 마음속에 돌고 돌고 빙빙 돌고 있나이다. 할 수 없이 동래로 내려갔사외다. 씨에게서는 여전히 이틀에 한 번씩 독촉장이 왔사외다.

"이혼장에 도장을 치오. 15일 이내로 아니 치면 고소를 하겠소."

내 답장은 이러했사외다.

"남남끼리 합하는 것도 당연한 이치요, 떠나는 것도 당연한 이치나 우리는 서로 떠나지 못할 조건이 네 가지가 있소. 하나는 80 노모가 계시니 불효요, 두 번째는 자식 4남매요, 학령 아동인만큼 보호해야 할 것이요, 세 번째는 한 가정은 부부의 공동생활인만큼 생산도 공동으로 되었을 뿐 아니라 분리하게 되는 동시는 마땅히 한 집이 두 집 되는 생계가 있어야 할 것이오. 이것을 마련해주는 것이 사람으로서의 의무가 아닐까 하오. 네 번째는 우리 연령이 경험으로 보든지 시기로 보든지 순정, 즉 사랑으로만 산다는 것보다 이해와 의로 살아야 할 것이오. 내가 이미 사과했고 내 동기가 악으로 된 것이 아니요, 또 씨의 요구대로 현처양모가 되리라."

씨의 답장은 이러했사외다.

"나는 과거와 장래를 생각하는 사람이 아니오. 현재로만 살아갈 뿐이오. 정말 자식이 못 잊겠다면 이혼 후 자식들과 동거해도 좋고 전과 똑같이 지내도 무관하오."

나를 꾀이는 말인지 이혼의 처음과 끝이 어찌 되는지 역시 몰상식한 말이었사외다. 해 달라 아니 해주겠다 하는 동안이 거의 한 달 동안이 되었나이다.

하루는 정학시켜 달라고 한 삼촌이 노심을 품고 앞장을 서고 시숙들, 시누이들이 모여 내게 육박했사외다.

"잘못했다는 표로 도장을 찍어라. 그 뒤 일은 우리가 다 무사히 만들 것이니."

"혼인할 때도 두 사람이 한 일이니까 이혼도 두 사람이 할 터이니 걱정을 마시고 가시오."

나는 밤에 한잠 못 자고 생각했사외다.

'일은 이미 틀렸다. 계집이 생겼고 친척이 동의하고 한 일을 혼자 아니 하려 해도 쓸데없는 일이다.'

나는 문득 이러한 방침을 생각하고서 서약서 두 장을 썼습니다.

서약서

부 ○○○과 처 ○○○은 만 2개년 동안 재가 또는 재취하지 않기로 하되 피차의 행동을 보아 복구할 수가 있기로 서약함.

부 ○○○ 인

처 ○○○ 인

중재를 시키려 상경했던 시숙이 도장을 찍어 내려왔나이다. 그는 이렇게 말했나이다.

"여보 아주머니, 찍어줍시다. 그까짓 종이가 말하오? 자식이 4남매나 있으니 이 집에 대한 권리야 어디 가겠소? 그리고 형님도 말뿐이지 설마 수속을 하겠소?"

옆에 앉았던 시어머니도,

"그렇다뿐이겠니. 그러다가 병날까 보아 큰 걱정이다. 찍어주고 저는 계집 얻어 살거나 말거나 너는 나하고 어린것들 데리고 살자그려."

나는 속으로 웃었다. 그리고 아니꼽고 속상했다. 얼른 도장을 꺼내다가 주고,

"우물쭈물할 것 무엇 있소, 열 번이라도 찍어주구려."

과연 종이 한 장이 사람의 심사를 어떻게 움직이게 하는지, 예측하지 못하던 일이 하나씩 둘씩 생기고 때를 따라 변하는 양은 울음으로 볼까 웃음으로 볼까. 절대 무저항주의의 태도를 가지고 묵언 중에 타인이 운반하는 감정과 사물을 꾹꾹 참고 하나씩 겪어 제칠 뿐이었나이다.

● 이혼 후

H에게서 편지가 왔나이다.

"K에게서 전화가 왔는데 이혼 수속을 마쳤다고 사방으로 통지하는 모양입디다. 참 우스운 사람이오. 언니는 그런 사람과 이혼 잘 했소. 딱 일어서서 탁탁 털고 나오시오."

그러나 네 아이를 위해 내 몸 하나를 희생하자, 나는 꼼짝 말고 있으련다. 이래 두 달 동안 있었나이다.

공기는 돌변했나이다. 서울에서 씨가 종종 내려오나 나 있는 집에 들르지 아니하고, 누이 집에 들러 어머니와 아이들을 청해다가 보고, 시어머니는 눈을 흘기고, 시누이는 추기고, 시숙들은 우물쭈물 부르고, 시어머니는 전권이 되고 만다.

동리 사람들은 "왜 아니 가누. 언제 가누." 구경삼아 말한다. 아이들은 할머니가 과자 사탕을 사주어 가며 내 방에서 데려다 잔다. 이와 같이 전쟁 후 승리자나 패배자 사이와 같이 나는 마치 포로와 같이 되었나이다. 나는 문득 이렇게 생각했다.

'네 어린것들을 살릴까, 내가 살아야 할까?'

이 생각으로 3일 밤을 지새웠나이다.

'오냐, 내가 있는 후에 만물이 생겼다. 자식이 생겼다. 아이들아, 너희들은 일찍부터 역경을 겪어라. 너희는 무엇보다 사람 자체가 될 것이다. 사는 것은 학문이나 지식으로 사는 것이 아니다. 사람이라야 사는 것이다. 장자크 루소의 말에도 "나는 학자나 군인을 양성하는 것보다 먼저 사람을 기르노라." 했다. 내가 출가하는 날은 일곱 사람이 역경에서 헤매는 날이다.'

그러나 이러나 내 개성을 위해 일반 여성의 승리를 위해 짐을 부등부등 싸 출가 길을 차렸나이다.

북행 차를 탔다.

'어디로 갈까? 집도 없고, 부모도 없고, 형제도 없고, 자식도 없고, 친구도 없고, 이 홀로 된 몸. 어디로 갈까 어디로 가야 할까?'

경성에서 혼자 살림하고 있는 오라비 댁으로 갔나이다. 마침 제사 때라 봉천에서 남형이 돌아왔나이다. 이미 장찰로 사건의 시종을 말했거니와 이번 사건에 일체 자기는 나서지를 아니하고 자기 아내를 내보내어 타협하고 교섭한 일도 있었나이다.

"하여간 당분간은 봉천으로 가서 있게 하자."

"C를 한번 만나보고 결정해야겠소."

"만나보긴 무얼 만나보아. 일이 이만큼 되고 K와 절연이 된 이상 C와 연을 맺는 것이 당연한 일이 아니겠소."

"별말 말아라. K가 지금 체면상 어쩌지를 못해 그리하는 것이니까 봉천 가서 있으면 저도 생각이 있겠지."

이때 두어 친구는 서울 떠나는 것을 반대했나이다. 그는 서울 안에 돈 있은 독신 여자가 많아 K를 유혹하고 있다는 것이었사외다. 형은 이렇게 말했다.

"다른 여자를 얻는다면 K의 인격은 다 알 수가 있는 것이다. 다 운명에 맡기고 가자, 가."

봉천으로 갔나이다. 나는 진정할 수 없었나이다. 물론 그림은 그릴 수 없었고 그대로 소일할 수도 없었나이다. 나는 내 과거 생활을 알기 위해 초고로 써 둔 원고를 정리했사외다. 그중에 모성에 대한 글, 부부 생활에 대한 글, 애인을 추억하는 글, 자살에 대한 글, 지금 당할 모든 것을 예언한 것같이 되었나이다. 그리하여 전에 생각했던 바를 미루어 마음을 수습할 수 있었던 것이외다. 한 달이 되지 않아 밀고 편지가 왔나이다.

"K는 여편네를 얻었소. 아이도 데려간다 하오."

아직도 '설마 수속까지 했으랴. 사회 체면만 면하면 화해가 되겠지.' 하고 믿고 있던 나는 깜짝 놀랐사외다. 형이 들어왔소이다.

"너 왜 밥도 안 먹고 그러니?"

"이것 좀 보오."

편지를 보였다. 형은 보고 코웃음을 했다.

"제가 잘못 생각이지. 위인은 다 알았다. 그까짓 것 단념해 버리고 그림하고나 살아라. 걸작이 나올지 아니?"

"나는 가보아야겠소."

"어디로?"

"서울로 해서 동래까지."

"모두 다 끝난 일을 가보면 무얼 해. 멸시와 조소를 받을 뿐이지."

"그러나 사람이 되고서 그럴 수가 있소. 생활비 한푼 아니 주고 이혼이 무어요."

"2년간 별거 생활하자는 서약은 어찌 된 모양이야?"

"그것도 제 맘대로 취소한 것이지."

"그놈, 미쳤군 미쳤어."

"나는 가서 생활비를 청구하겠소. 아니 내가 번 것을 찾아

오겠소."

"그러면 가보되 진중히 일을 처리해야 네 멸시와 조소를 면한다."

나는 부산행 기차를 탔습니다.

경성역에 내리니 전보를 받은 T가 나왔습니다. T의 집으로 들어가 우선 씨의 여관 주인을 청했습니다. 나는 씨의 행동이 씨 혼자의 행동이 아니라 여관 주인을 위시해 주위에 있는 친구들의 충동인 것을 안 까닭이었나이다.

"여보셔요."

"예."

"친구의 가정이 불행한 것을 좋아하십니까, 행복한 것을 좋아하십니까?"

"네, 물으시는 뜻을 알겠습니다. 너무 오해하지 마십쇼. 나는 전혀 몰랐더니 하루는 짐을 가지고 나갑디다."

"나도 그 여자 잘 아오. 며칠 살겠소."

T는 말한다.

나는 두어 친구로 동반해 북미창정(서울시 북창동의 당시 명칭) 씨의 살림집을 향해 갔습니다. 나는 밖에 섰으려니까 씨가 우쭐우쭐 오더니 그 집으로 들어가지 아니하고 내 앞을 지나갑니다.

"여보, 찻집에 들어가 이야기 좀 합시다."

두 사람은 찻집으로 들어갔습니다.

"나 살 도리를 차려주어야 아니하겠소."

"내가 아나. C더러 살려 달래지."

"남의 걱정은 말고 자기 할일이나 하소."

"나는 몰라."

나는 그 길로 관청으로 가서 복적 수속을 물어 용지를 가지고 사무실로 갔나이다.

"여보, 복적해주오."

"이게 무슨 소리야?"

"지난 일은 다 잊어버리고 갱생해 삽시다. 당신도 파멸이요, 나도 파멸이요, 우리 두 사람에게 속한 다른 생명까지 파멸이오."

"왜 그래?"

"차차 살아보오. 당신 고통이 내 고통보다 심하리다."

"누가 그런 걱정하래?"

훌쩍 나가버린다.

그 이튿날이외다. 나는 씨를 찾아 사무실로 갔사외다. 씨는 마침 점심을 먹으러 자택으로 향하는 길이었나이다.

"다점에 들어가 나하고 이야기 좀 합시다."

씨는 아무 말 없이 달음질을 해 그 집 문으로 쑥 들어섰나이다. 나도 모르는 중 들어섰나이다. 뒤를 따라 방 안으로 들어섰나이다. 여편네는 세간 걸레질을 치다가 "누구요?" 한다. 세 사람은 마주 쳐다보고 앉았다.

"영감을 많이 위해준다니 고맙소. 오늘 내가 여기까지 오려던 것이 아니라 다점에 들어가 이야기를 하겠다더니 그냥 오기에 쫓아온 것이오."

"길에서 많이 뵌 것 같은데요."

"그런지도 모르지요. 내가 오늘 온 것은 이같이 속히 끝날 줄은 몰랐소. 기왕 이렇게 된 이상 나도 살 도리를 차려주어야 할 것 아니오. 그렇지 않으면 나도 이 집에서 살겠소. 인사 차리지 못하는 사람에게 인사를 차리겠소?"

씨는 아무 말 없이 나가버렸나이다. 나와 여편네와 담화가 시작되었나이다.

"대체 어떻게 된 일이오?"

"그야 내게 물을 것이 무엇 있소. 알뜰한 남편에게 다 들었겠소."

"그래, 그림 그리는 재주가 있으니까 사는 데야 걱정은 없겠지요."

"지팡이 없이 일어서는 장수가 있답디까?"

"나도 팔자가 사나워서 두 계집 노릇도 해보았소마는 어린 것들이 있어 오죽 마음이 상하리까. 어린것들을 보고 싶을 때는 어느 때든지 보러 오시지요."

"그야 내 마음대로 할 것이오."

"저 남산 꼭대기 소나무가 얼마나 고상해 보이겠소마는 그 꼭대기에 올라가 보면 마찬가지로 먼지도 있고 흙도 있을 것이오."

"그 말씀은 내가 남의 첩으로 있다가 본처로 되어도 일반이겠다는 말씀이지요."

"그것은 마음대로 해석하구려."

씨가 다시 들어왔나이다. 세 사람은 다시 주거니 받거니 이야기가 시작되었나이다.

이때 어느 친구가 들어왔나이다. 그는 이번 사건에 화해시키려고 애를 쓴 사람이었나이다.

"무엇들을 그러시오."

"둘이 번 재산을 나눠 갖자는 말이외다."

"그 문제는 내게 일임하고 R선생은 나와 같이 나갑시다. 가시지요."

나는 더 있어야 별 수 없을 듯해 핑계 삼아 일어섰나이다. 씨와 저녁을 먹으며 여러 이야기를 했나이다.

나는 그 이튿날 동래로 내려갔사외다. 나는 기회를 타서 네 아이를 끼고 바다에 몸을 던질 결심이었나이다. 내 태도가 이상했는지 시어머니와 시누이는 눈치를 채고 아이들을 끼고 듭니다. 기회를 타려도 탈 수가 없었나이다. 또 다시 짐을 정돈하기 위해 잠가 두었던 장문을 열었나이다. 반이 쑥 들어간 것을 볼 때 깜짝 놀랐나이다.

"이 장문을 누가 곁쇠질을 했어요?"

"나는 모른다. 저번에 아범이 와서 열어 보더라."

"그래 여기 있던 물건은 다 어쨌어요?"

"안방에 갔다 두었다."

"그것은 다 이리 내놓으시오."

여편네들 혀끝에 놀아 잠근 장을 곁쇠질해 중요 물품을 꺼낸 씨의 심사를 밉다고 할까 분하다고 할까. 나는 마음을 눅여서 생각했나이다. 역시 몰상식하고 몰인정한 태도이외다. 그만큼 그가 쓸데없이 약아지고, 그만큼 그가 경제상 핍박을 당한 것을 불쌍히 생각했나이다. 다시 최후의 출가를 결심하고 경성으로 향했나이다. 황망한 사막에 서 있는 외로운 몸이었나이다.

● 어디로 향할까

모성애를 고수해보려고 가진 애를 썼나이다. 이 점으로 보아 양심에 부끄러울 아무것도 없었나이다.

나는 죽을 수밖에 없는 사람이 되고 말았나이다. 죽는 일은 쉽사외다. 한번 결심하면 뒤는 극락이외다. 그러나 내 사명이 무엇이 있는 것 같사외다. 없는 길을 찾는 것이 내 힘이요, 없는 희망을 만드는 것이 내 힘이었나이다.

역경에 처한 자의 요령은 노력이외다. 근면이외다. 번민만 하고 있는 동안은 시간은 가고 그 시간은 절망과 파멸밖에 갖다 주는 것이 없나이다. 나는 우선 제전에 입선될 희망을 만들었나이다. 그림을 팔고 있는 것을 전당해 금강산행을 했나이다. 구 만물상 만상정에서 한 달간 지내는 동안 대소품 20개를 얻었나이다. 여기서 우연히 아베 요시오 씨와 박희도 씨를 만났사외다.

"아, 이게 웬일이오."

박희도 씨는 나를 보고 놀랐사외다.

"선생, 여기서 R씨가 있군요."

아베 씨는 우리 방 문지방에 걸터앉으며 유심히 내 얼굴을 쳐다보았나이다.

"혼자이십니까?"

"혼자 몸이 홀로 있는 게 당연합니다."

"갑시다."

씨는 강한 어조로 동정에 넘치는 말이었사외다.

"내일까지 완성할 그림이 있습니다."

"그럼 호텔에서 기다리지요."

"아무쪼록."

씨는 한 발을 질질 끌며 의자에 앉았사외다. 타고 다니는 의자에.

"사람도 이쯤 되면 끝장이지."

"별 말씀을."

이튿날 호텔에서 만나도록 이야기하고 금번 압록강 상류 일주 일행 중에 참가되도록 이야기가 진행되었나이다. 그 이튿날 양 씨는 주을온천으로 가시고 나는 고성 해금강으로 갔나이다. 고성 군수 부인이 도쿄 유학 때 친구였던 관계상 그의 사택에 가서 성찬으로 잘 놀고 해금강에서 역시 아는 친구를 만나 날전복을 많이 얻어먹었나이다.

북청으로 가서 일행을 만나 해산진으로 향했나이다. 후기령 경치는 마치 한 폭의 남종화였나이다. 일행 중 아베 씨, 박영철 씨, 두 분이 계셔서 곳곳에 환영이며 연회는 성대했나이다. 신갈포로 압록강 상류를 일주하는 광경은 형언할 수 없이 좋았나이다. 일행은 신의주를 거쳐 경성으로 향하고 나는 봉천으로 향했나이다. 거기서 그림 전람회를 하고 다롄까지 갔다 왔나이다. 그 길로 도쿄행을 차렸나이다. 대구에서 아베 씨를 만나 경주 구경을 하고, 진영으로 가서 박간농장을 구경하고 자동차로 통도사, 범어사를 지나 동래를 거쳐 부산에 도착해 연락선을 탔나이다. 도쿄역에는 C가 출영했나이다. 그는 의외에 내가 오는 것을 보고 놀랐사외다.

파리에서 그린, 내게는 걸작이라고 할 만한 〈정원〉을 제전에 출품했나이다. 하룻밤은 입선이 되리라 해 기뻐서 잠을 못 자고 하룻밤은 낙선이 되리라 해 걱정이 되어서 잠을 못 잤나이다. 1,224점 중 200점 선출에 입선이 되었나이다. 너무 기뻠에 넘쳐 온몸이 떨렸사외다. 신문 사진반은 밤중에 문을 두드리고 라디오로 방송이 되고 한 뉴스가 되어 도쿄 일대를 뒤흔들었사외다. 이로 인해 나는 면목이 섰고 내 일신의 생계가 생겼나이다. 사람은 남자나 여자나 다 힘을 가지고 태어납니다. 그 힘을 사람은 어느 시기에 가서 자각합니다. 아무라도 한 번이나 두 번은 다 자기 힘을 자각합니다. 나는 평생 처음으로 자기 힘을 의식했나이다. 그때 나는 퍽 행복스러웠사외다. 아, 아베 씨는 내가 갱생하는 데 은인이외다. 정신상으로나 물질상 얼마나 힘을 써주었는지 그 은혜를 잊을 길이 없사외다.

● 모성애

기백만 인 여성이 기천년 전 옛날부터 자식을 낳아 길렀나외다. 이와 동시에 본능적으로 맹목적으로 육체와 영혼을 무조건으로 자식을 위해 바쳐 왔나이다. 이는 여성으로서 날 때부터 가지고 나온 한 도덕이었고, 한 의무였고, 이보다 이상 되는 천직이 없었나이다. 그러므로 연인의 사랑, 친구의 사랑은 상대적이요 보수적이나 어머니가 자식을 사랑하는 것만은 절대적이요, 무보수적이요, 희생적이외다. 그리하여 최고 존귀한 것은 모성애가 되고 말았사외다. 많은 여성은 자기가 가진 이 모성애로 얼마나 만족을 느꼈으며 행복스러웠는지 모릅니다. 그러나 때로는 이 모성애에 얽매여 하고 싶은 것을 하지 못하고 비참한 운명 속에서 울고 있는 여성도 적지 아니하외다. 그러면 이 모성애는 여성에게 최고 행복인 동시에 최고 불행한 것이 되고 말았습니다. 여자가 자기 개성을 잊고 살 때, 모든 생활 보장을 남자에게 받을 때 무한이 편했고 행복스러웠나이다마는, 여자도 인권을 주장하고 개성을 발휘하려고 하며, 남자만 믿고 있지 못할 생활 전선에 나서게 된 금일에는 무한한 고통이요, 불행을 느낄 때도 있는 것이외다.

나는 어느덧 네 아이의 어머니가 되고 말았사외다. 그러나 내가 애를 쓰고 아이를 베고, 아이를 낳고, 애아이를 젖 먹여 기르는 것은 큰 사실이외다. 내가 〈모(母) 된 감상기〉 중에 "자식의 의미는 단수에 있는 것이 아니라 복수에 있다."고 했사외다. 과연 하나 기르고 둘 기르는 동안 지금까지의 애인에게서나 친구에게서 맛보지 못하는 애정을 느끼게 되었나이다. 구미 만유하고 온 후로는 자식에 대한 이상이 서 있게 되었나이다. 아이들의 개성이 눈에 뜨이고 그들의 앞길을 지도할 자신이 생겼나이다. 그리하여 나는 그들을 길러보려고 얼마나 애쓰고 굴복하고 사죄하고 화해를 요구했는지 모릅니다. 그러나 모든 것이 무용지물이 되고 말았구려.

● 금욕 생활

한밤중에 눈이 뜨이면 허공의 구석으로부터 일진의 바람이 어디선지 모르게 불어 들어옵니다. 그때 고적이 가슴속에 퍼지는 것을 깨닫습니다. 지금까지 내가 느끼는 고적은 아픈 것은 있었으나 해될 것은 없었습니다. 지금 느끼는 고적은 독초 가시에 찔리는 자극의 아픔을 깨달았습니다. 어디로부터 와서 어디로 가는지 모르는 가운데에서 무엇을 하든지 그 뒤는 고적합니다.

나는 소위 정조를 고수한다는 것보다 재혼하기까지는 중심을 잃지 말자는 것이외다. 즉 내 마음 하나를 잊지 말자는 것이외다. 나는 이미 알맹이를 잃은 사람이 되고 말았습니다. 이에 중심까지 잃는 날은 내 앞날은 파멸이외다. 오직 중심하나를 붙잡기 위해 절대 금욕 생활을 해왔사외다.

남녀를 물론하고 임신 시기에 있어서는 금욕 생활이 용이한 일이 아니외다. 나도 이때만은 태몽을 꾸면서 고통으로 지냈나이다.

나는 처녀와 같고 과부와 같은 심리를 가질 때가 종종 있나이다. 그리고 독신자에게는 이러한 경구가 있는 것을 잊어서는 아니 됩니다. "모든 사람에게 허락할까, 한 사람에게도 허락하지 말까."

이성의 사랑은 무섭더이다. 사람의 정열이 무한히 올라가는 것이 아니라 한란계의 수은이 100도까지 올라갔다가 도로 저하하듯이 사랑의 초점을 100도라 치면 그 이상 올라가지 못하고 저하하는 것이외다. 그리하여 정열이 높이 오를 때는 상대자의 행동이 미화, 선화하나, 저하할 때는 여지없이 추화, 악화해지는 것이외다. 나는 이것을 잘 압니다. 그리하여 사랑이 움돋을 만하면 딱 분질러버립니다. 나는 그 저하한 뒤 고적을 무서워함입니다. 싫어함입니다. 이번이야말로 다시 이런 상처를 받게 되는 날은 갈 곳 없이 사지로밖에 돌아갈 길이 없는 까닭입니다. 아, 무서운 것!

적막한 것이 사람입니다. 그러므로 사람은 살아 있는 것이 무의미로 생각하기에는 너무 깊은 감각을 주는 것을 알 수 있습니다. 어디 굴리든지 어떻게 하든지 거기까지 가는 사람은 은택 입은 사람입니다. 적막에서 돌아오는 그것이 우리의 희망일는지 모릅니다. 아, 사람은 혼자 살기에는 너무 작습니다. 하루는 짧으나 그 시간이 계속한 1년이나 2년은 깁니다.

● 이혼 후 소감

나는 사람으로 태어난 것을 후회합니다. 나는 사람으로 태어나고 싶어 태어난 것이 아니라, 사람이 어떠한 것인지 이 세상이 어떠한 곳인지 모르고 태어난 것 같사외다. 이 인생됨이 더 추하고 비참한 것이요, 더 절망적으로 되었다 하더라도 나는 원망하지 아니합니다. 지금 나는 죽어도 살아도 똑같다고 생각합니다. 죽음은 무서운 것이외다. 그럴 때마다 자기를 참으로 살렸는지 아니 했는지 봅니다. 나는 자기를 참으로 살릴 때는 죽음이 무섭지 않사외다. 다만 자기를 다 살리지 못했을 때 죽음이 무섭습니다. 그런고로 죽음의 공포를 깨달을 때마다 자기의 부덕함을 통절히 느낍니다.

나는 자기를 천박하게 만들고 싶지 않은 동시에 타인을 원망하기 전에 자기를 반성하고 싶습니다. 자기 내심에 천박한 마음이 생기는 것을 알고 고치는 사람은 인류의 보물이외다. 이러한 사람은 벌써 자기 마음속에 있는 잡초를 잊고 좋은 씨를 이르는 곳마다 펼쳐 사람 마음의 양식이 되는 자외다. 즉 공자나 석가나 예수와 같은 사람이외다. 태양은 만물을 뜨겁게 아니 하려도 자연 덥게 만듭니다. 아무런 것이 오더라도 그것을 비추는 재료로 화해버립니다. 바다는 아무리 더러운 것이 뜨더라도 자체를 더럽히지 않습니다.

모든 사람의 경우와 처지를 생각해보자 그때 거기에서 자기를 찾습니다. 사랑을 깨닫습니다. 그러므로 자기가 요구하는 사람은 먼저 자기를 만들 것입니다. 사람은 자기 내심의 자기도 모르는 정말 자기를 가지고 있습니다. 보이지도 알지도 못하는 자기를 찾아내는 것이 사람 일생의 일거리입니다. 즉 자아 발견이외다.

사람은 쓸데없는 격식과 세간의 체면과 반쯤 아는 학문의 속박을 많이 받습니다. 있으면 있을수록 더 가지고 싶은 것이 돈이외다. 높으면 높을수록 더 높아지고자 하는 것이 지위외다. 가지면 가지는 만큼 음기로 되는 것이 학문이외다. 사람의 행복은 부를 얻은 때도 아니요, 이름을 얻은 때도 아니요, 어떤 일에 일념이 되었을 때외다. 일념이 된 순간에 사람은 깨끗이 씻은 듯한 행복을 깨닫습니다. 즉 예술적 기분을 깨닫는 때외다.

인생은 고통 그것일는지 모릅니다. 고통은 인생의 사실이외다. 인생의 운명은 고통이외다. 일생을 두고 고통스러운 병을 깊이 맛보는 데 있습니다. 그리하여 이 고통을 명확히 사람에게 알리는 데 있습니다. 평범한 이는 고통의 지배를 받고 천재는 죽음을 가지고 고통을 이겨내어 영광과 권위를 취해낼 만한 살 방침을 차립니다. 이는 고통과 쾌락 이상 자기에게 사명이 있는 까닭이외다. 그리하여 최후는 고통 이상의 것을 만들고 맙니다.

번뇌 중에서도 일의 시초를 지어 잊는다.

내 갈 길은 내가 찾아 얻어야 한다.

사람은 누구든지 자기 운명이 어찌 될지 모릅니다. 속 마디를 지은 운명이 있습니다. 끊을 수 없는 운명의 쇠사슬이외다. 그러나 너무 비참한 운명은 왕왕 약한 사람으로 하여금 반역하게 합니다. 나는 거의 재기할 기분이 없을 만큼 때리고 욕하고 저주함을 받게 되었습니다. 그러나 나는 필경은 같은 운명의 줄에 얽혀 없어질지라도 필사의 쟁투에 끌리고 애태우고 괴로워하면서 재기하려 합니다.

● 조선 사회의 인심

우리가 구미를 만유하기까지 그다지 심하지 아니했다마는 갔다 와서 보니 전에 비해 일반 레벨이 훨씬 높아진 것이 완연히 눈에 띄었습니다. 그리하여 유식 계급이 많아진 것과 동시에 생존경쟁이 더욱 심해졌습니다. 생활 전선에 선 2,000만 민중은 모아둔 돈 없고 직업 없고 실력 없이 살 길에 헤매어, 할 수 없이 오사카로, 만주로, 살 곳을 찾아 떠도는 자가 적지 않소외다. 과연 조선도 이제는 돈이 있든지 실력, 즉 재주가 있든지 해야만 살게 되었사외다.

사상상으로 보면 국제적 인물이 통행하는 관계상 각 방면의 주의, 사상이 수입하게 됩니다. 이에 좁게 알고 널리 보지 못한 사람으로 그 요령을 취득하기에 방황하는 것은 당연한 이치입니다. 비빔밥을 그냥 먹을 뿐이요, 그중에서 맛을 취할 줄 모르는 것이 대부분입니다. 그러므로 오늘은 이 주의에서 놀다가 내일은 저 주의에서 놀게 되고, 오늘은 이 사람과 친했다가 내일은 저 사람과 친하게 됩니다. 일정한 주의를 확립하지 못하고 고립한 인생관이 서지 못해 바람에 날리는 갈대와 같은 시일을 보내고 맙니다. 이는 대개 정치 방면에 길이 막히고 경제에 얽매어 자기 마음을 자기가 마음대로 가질 수 없는 관계도 있겠지만 너무 산만적이 되고 말았나이다.

조선의 유식 계급 남자 사회는 불쌍합니다. 제1 무대인 정치 방면에 길이 막히고, 배우고 쌓은 학문은 용도도 없어지고, 이 이론 저 이론 말해야 이해해줄 사회가 못 되고, 그나마 사랑에나 살아볼까 하나 가족제도에 얽매인 몰이해한 처자로 눈살이 찌푸려지고 생활이 신산스러울 뿐입니다. 애매한 요릿집에나 출입하며 죄 없는 술에 투정을 다하고, 몰상식한 기생을 품고 즐기나 그도 역시 만족을 주지 못합니다. 이리 가보면 나을까 저 사람을 만나면 나을까 하나 남는 것은 오직 고적뿐입니다.

유식 계급 여자, 즉 신여성도 불쌍하외다. 아직도 봉건시대 가족제도 밑에서 자라나고 시집가고 살림하는 그들의 내용의 복잡이란 말할 수 없이 난국이외다. 반쯤 아는 학문이 신구식의 조화를 잃게 할 뿐이요, 음기를 돋을 뿐이외다. 그래도 그대들은 대학에서 전문에서 인생철학을 배우고, 서양에나 도쿄에서 그들의 가정을 구경하지 아니했는가. 마음과 뜻은 하늘에 있고 몸과 일은 땅에 있는 것이 아닌가. 달콤한 사랑으로 결혼했으나 너는 너요 나는 나대로 놀게 되니 사는 아무 의미가 없어지고 아침부터 저녁까지 반찬 걱정만 하게 되는 것이 아닌가. 급기야 신경과민, 신경쇠약에 걸려 독신 여자를 부러워하고 독신주의를 주장하는 것이 아닌가. 여성을 보통 약자라 하나 결국 강자이며, 여성을 작다 하나 위대한 것은 여성이외다. 행복은 모든 것을 지배할 수 있는 그 능력에 있는 것이외다. 가정을 지배하고, 남편을 지배하고, 자식을 지배한 나머지에 사회까지 지배하소서. 최후 승리는 여성에게 있는 것 아닌가.

조선 남성의 심사는 이상하외다. 자기는 정조 관념이 없으면서 처에게나 일반 여성에게 정조를 요구하고 또 남의 정조를 빼앗으려고 합니다. 서양에나 도쿄 사람쯤 하더라도 내가 정조 관념이 없으면 남의 정조 관념이 없는 것을 이해하고 존경합니다. 남의 정조를 유린하는 이상 그 정조를 고수하도록 애호해주는 것도 보통 인정이 아닌가. 종종 방종한 여성이 있다면 자기가 직접 쾌락을 맛보면서 간접으로 말살시키고 깨

물어 부수는 일이 적지 않소이다. 이 어이한 미개명의 부도덕이냐.

조선 일반 인심은 과도기인만큼 탁 터 나가지를 못하면서 내심으로는 그런 것을 요구합니다. 경제에 얽매여 움치고 뛸 수 없으니 지글지글 끓는 감정을 풀 곳이 없다가 누가 앞을 서는 사람이 있으면 옳고 그름을 막론하고 비난하며, 그들에게 확실한 인생관이 없으니 사물에 해결이 없으며, 동정과 이해가 없이 형세가 닿는 대로 이리 헤매고 저리 헤매게 됩니다. 무슨 방침을 세워서라도 구해줄 생각은 조금도 없이 마치 연극이나 활동사진 구경하듯이 재미스러워 하고 비난하며 조롱하고 질타해 일껏 마음에 두었던 유망한 청년을 위축의 불구자로 만드는 것 아닌가. 보라, 구미 각국에서는 남다르게 행동하는 자를 유행을 삼아 그것을 장려하고 그것을 인재라 하며 그것을 천재라 하지 않는가. 그러므로 앞을 다투어 창작물을 내나니, 이러므로 날로 달로 나아지는 사회의 진보가 보이지 않는가. 조선은 어떠한가? 조금만 변한 행동을 하면 곧 말살시켜 재기하지 못하게 하나니 고금의 예를 보아라. 천재는 당시 풍속 습관의 만족을 갖지 못할 뿐 아니라 다음 때를 추측하고 창작해낼 수 있나니 변동을 행하는 자를 어찌 경솔히 볼까 보냐. 가공할 것은 천재의 싹을 분질러 놓는 것이외다. 그러므로 조선 사회에는 금후로는 제1선에 나서 활동하는 사람도 필요하거니와 제2선, 제3선에 처해 유망한 청년으로 역경에 처했을 때 그 길을 틔워주는 원조자가 있어야 할 것이요, 사물의 원인 동기를 자세히 살펴 쓸데없는 도덕과 법률로써 재판해 큰 죄인을 만들지 않는 이해자가 있어야 할 것입니다.

● 청구 씨에게

씨여, 이만하면 떨어져 있는 동안 내 생각을 알겠고 변동된 내 생활을 알겠사외다. 그러나 여보셔요, 아직까지도 나는 내게 적당한 행복된 길이 어디 있는지를 찾지 못했어요. 씨와 동거하면서 때때로 의사를 충돌하며 아이들과 살림살이에 엄벙덤벙 시일을 보내는 것이 행복스러울지, 또는 방랑 생활로 나서 스케치 박스를 메고 캔버스에 그림 그리고 다니는 이 생활이 행복스러울지 모르겠소. 그러나 인생은 가정만도 인생이 아니요, 예술만도 인생이 아니외다. 이것저것 합한 것이 인생이외다. 마치 수소와 산소가 합한 것이 물인 것과 같이. 여보셔요, 내 주의는 이러해요. 사람 중에는 보통으로 사는 사람과 보통 이상으로 사는 사람이 있다고 봅시다. 그러면 그 보통 이상으로 사는 사람은 보통 사람 이상의 정력과 개성을 가진 자외다. 더구나 근대인의 이상은 남의 하는 일을 다 하고 남는 정력으로 자기 개성을 발휘하는 것이 가장 최고 이상일 것이외다. 그는 이론뿐이 아니라 실례가 많으니 위인 걸사들의 생활은 그러하외다. 즉 '제 몸을 닦고 집을 안정시킨 후 나라를 다스리며 천하를 평정하는 것' 이 예나 지금이 다를 것 없나이다.

나는 이러한 이상을 가지고 10년 가정생활에 내 일을 계속해왔고 자금으로도 실행할 자신이 있던 것이외다. 그러므로 부분적이 내 생활 행복이 될 리 만무하고, 종합적이라야 정말 내가 요구하는 행복의 길일 것이외다. 이 이상을 파괴하게 됨은 어찌 유감이 아니리까.

감정의 순환기가 10년이라 하면 싫었던 사람이 좋아지기도 하고 좋았던 사람이 싫어지기도 하며, 친했던 사람이 멀어지기도 하고 멀었던 사람이 친해지기도 하며, 선한 사람이 악해지기도 하고 악했던 사람이 선해지기도 하나이다. 씨의 10

년 후 감정은 어떻게 될까? 앞에도 말했거니와 부부는 세 시기를 지나야 정말 부부 생활의 의미가 있다고 했습니다. 나는 이미 그대의 장점, 단점을 다 알고 씨는 나의 장점, 단점을 다 아는 이상 상호 보조해 살아갈 우리가 아니었던가.

이상 몇 가지 주의로 이혼은 내 본의가 아니요, 씨의 무리한 청이었나이다. 나는 무저항적으로 양보한 것이니 천만 번 생각해도 우리 처지로 우리 인격을 통일하지 못하고 우리 생활을 통일하지 못한 것은 부끄러운 일입니다. 아울러 바라는 바는 80 노모의 여생을 편하게 하고, 네 아이의 양육을 충분히 주의해주시고, 나머지는 씨의 건강을 바라나이다.

– 《삼천리》, 1934년 8~9월

살려 가지 말고
죽으러 가자

신생활에 들면서

"나는 가겠다."

"어디로?"

"서양으로."

"서양 어디로?"

"파리로."

"무엇 하러?"

"공부하러."

"다 늙게 공부가 무어야?"

"젊어서는 놀고 늙어서는 공부하는 것이야."

"그렇기는 그래. 머리가 허연 노대가의 작품이야말로 값이 있으니까. 그러나 꿈적거리기 귀찮지도 않은가?"

"어지간히 집도 꾸려보았네마는 아직도 짐만 싸면 절로 신이 나."

"아무데서나 살지, 다 늙게."

"사는 건 몸으로 사는 것이 아니라 마음으로 사는 것이야."

"몸이 늙으면 마음도 늙지."

"아니지, 몸이 늙어 갈수록 마음은 젊어 가는 것이야. 오스카 와일드의 시에도 '몸이 늙어 가는 것이 슬픈 것이 아니라 마음이 젊어 가는 것이 슬프다.' 고 했어. 그러기에 서양 사람은 나이 관념이 없어 언제까지든지 젊은 기분으로 살 수 있고 동양 사람은 늘 나이를 생각하기 때문에 쉬 늙어."

"그러나 몸이 늙어 쇠퇴해지면 마음에 기분에 기운이 없는 것은 사실이오. 팔팔한 젊은 기분 볼 때는 꿈속 같은 걸 어찌하나."

"그야 그렇지만 한갓 마음가짐에 달린 것이야. 다만 걱정거리는 나이 먹고 늙어 갈수록 생각만 늘어 가고 기운이 줄어드는 것이야."

"글쎄, 내 말이 그 말이야. 그러니까 말이야, 친구도 나이 마흔에 이리저리 헤매지 말고 서울에서 그대로 기초를 잡으란 말이야."

"나는 싫어. 내 과거와 현재와 미래를 다 알고 있는 조선이 싫어. 조선 사람이 싫어."

"흥, 그거는 모르는 말일세. 친구가 조선을 떠난다면 그 과거, 현재, 미래가 아니 따라갈 줄 아나."

"글쎄, 과거야 어디까지 쫓아다니겠지마는 현재와 미래만은 환경으로 변할 수가 있을 테니까."

"그렇지만 암만 환경을 바꾸고 변하더라도 그 과거가 늘 침입해 와서 고쳐 놓은 환경을 흐려 놓는 것을 어찌하나. 그러기에 한번 과거를 가진 사람은 좀처럼 뿌리를 빼지 못하는 것이야."

"암, 뿌리야 빠질 수 없는 일이지마는 개척하는 데에 따라 환경으로 과거를 정복할 수는 있는 것이지."

"그러자니 그 상처를 아물려는 비애가 오죽한가."

"그것은 각오만 있으면 참을 수 있는 것이야, 어렵기는 어렵지."

"그만큼 마음이 단단하다면 나는 안심하네. 해보고 싶은 대로 해보게."

강한 체하고 친구의 허락까지 받았으나 친구가 무책임하게 돌아설 제 내 가슴속은 다시 공허로 채워졌다. 이혼 사건 이후 나는 조선에 있지 못할 사람으로 자타 간에 공인하는 바였고, 4, 5년간 있는 동안에도 실상 고통스러웠나니, 먼저 사회상으로 배척을 받을 뿐 아니라 내 이력이 고급인 관계상 그림을 팔아먹기 어렵고 취직하기 어려워 생활 안정이 잡히지 못했고, 형제 친척이 가까이 있어 나를 보기 싫어하고 불쌍히 여기고 애처로이 생각하는 것이요, 친우 지인들이 내 행동을 유심히 보고 내 태도를 눈여겨보는 것이다. 아니다, 이 모든 조건쯤이야 내가 먼저 있기만 하면 이겨낼 수 있는 것이다. 이보다 내 살을 에이는 듯 내 뼈를 긁는 듯한 고통이 있었나니 그것은 종종 우편배달부가 전해주는 딸 아들의 편지다. '어머니 보고 싶어.' 하는 말이다. 환경이란 우습고도 무서운 것이다. 환경이 일변하는 동시에 과거의 공적은 공허한 것이 되고 과거의 사실만 무겁게 처져 있다. 그러므로 나는 이 따라다니는 과거를 껴안고 공허에서 생의 목록을 시작하지 않으면 아니 되었다.

● 유혹

결코 손을 대서는 아니 된다고 한 과실에 손을 댄 것은 뱀의 유혹이었고, 이브의 호기심이 아니었나. 이로 인해 받은 신의 벌은 얼마나 엄격했나. 유혹처럼 무섭고 즐거운 매력은 없는 것 같고, 유혹의 즐거움, 불안, 두려움, 우려는 호기심에 그것이 나갔다.

동기는 여하한 것이든지 훨씬 열어젖힌 세계는 이상히도 좋았고 더구나 구속하지 않고 엄숙하게 지켜 있는 마음에 어찌 자유스러운 감정을 가지지 않게 되겠는가. 나는 확실히 유혹을 받았고 나는 확실히 호기심을 가졌다. 우리는 거친 형극의 길가에서 생각하지 않은 장미꽃을 발견한 것이었다. 방향과 밀봉 중에 황홀했던 것이다. 그 결과는 여하하든지 내 진보 과정상 감수하지 않으면 아니 되었다. 사람의 진보 경로는 여러 가지 형태가 있다. 행복스러운 환경과 조건 밑에서 아무 괴로움과 수고와 생각 없이 살아가는 사람도 적지 않다. 그러나 다수는 펼치기 전에 굽히게 된다. 여하히 누르든지 미혹하든지 분지르든지 하더라도 한뜻으로 살려고만 하면 되지 않는가. 겨울에 얼어붙은 개천을 보라. 그 더럽게 흐르던 물이 어떻게 이렇게 희고 아름답게 얼어붙는가. 이것은 확실히 그 본체는 순정과 미를 잃지 않았던 것이다. 이 점으로 보아 진보해가는 사람을 생각하게 된다. 이러한 사람에게는 떨어진 물이 더러우면 더러울수록, 떨어진 유혹의 길이 깊으면 깊어질수록 더 심각한, 더 복잡한 현실을 엿보는 고로 이 의미로 보아 이러한 사람은 미혹에 처하면 처할수록 외면으로는 비록 고통스러울지언정 내막은 풍부한 감정으로 살 수 있는 것이다. 그리고 세상범사로 긍정해버리고 만다.

● 독신자

이성 간의 사랑은 순정이라야 한다. 이 순정을 잃은 자는 상처를 받은 자다. 이 상처를 맛본 자에게는 몸에 끈기가 없고 마음에 끈기가 없나니, 즉 탄력성이 적고 중간성을 잃어 조화성이 없다. 그리하여 그 상처를 얻은 자, 즉 독신자에게는 감정이 마비되어 희로애락의 경계선이 분명하지 못하고 동시에 사물에 싫증이 쉬 나고 애착심이 생기지 않는다. 그러므로 남녀 간에 상처를 받은 자는 반드시 남자면 순처녀, 여자면 순동남으로 짝을 정해야 조화성을 유지하게 된다.

여러 사람에게 허락해 순간순간 쾌락으로 살아갈까, 혹은 한 사람에게도 허락하지 않아 내 마음을 지키고 살까. 급기 실행에 미치고 보니 어릴 때부터 가정교육 인습에 찔려 더구나 양심이 허락하지 않아 전자를 실행하지 못하고 후자를 실행해보니 과연 어렵다. 친우를 얻을 수 없고 동지를 잃는다. 이는 대개 독신자의 이성 교제란 인격적 교제가 못 되고 성적 교제가 되나니 첫인상부터 상대자의 소유가 없는 것이 염두에 떠오른다. 결국 성교된 후에도 길지 못하나니 상대자가 자기에게 몸을 허락하듯이 타인에게도 그러리라는 의심을 가짐이요, 성적 관계를 실행하지 않으면 더구나 보잘것없이 교제 시일이 짧은 것이라. 그리하여 독신자는 정신적 동요가 심하나니 갑이란 이성을 대할 때는 갑에게 마음이 가고 을을 만날 때는 을에게 마음이 가 마음이 집중되지 못한다.

그러므로 사람에게는 반드시 마음이 안착될 만한 사랑의 상대자가 필요하나니 아무리 마음을 붙이는 일이 있다 하더라도 인간인 이상 인간의 상대자를 요구한다. 이 상대자를 미처 구하지 못한 독신자는 늘 허순허순하고 허청허청해 마치 황무지에 선 전신주와 같이 강풍에 쓰러질 듯 쓰러질 듯하게 된다.

독신자들이여, 그대들에게 불행, 즉 배우자를 잃게 되거든 그 즉시 후보자를 구해 얻으라. 주저하고 생각할 동안에 제2, 제3 불행이 습격해 오나니 그 불행을 이겨낼 만한 각오를 가졌으면 모르거니와 점점 끈기가 없이 보송보송해가고, 사람이 싫어져 가고, 말이 하기 싫고, 잡을 손이 떨어져 사람을 버려 가는 것이야 어찌하랴. 더구나 그들에게는 건강을 잃게 되나니 대개 남녀 간에는 생각할 시기 외에는 성적 관계보다 음양의 체온이 필요하고 음기가 필요한 것이다. 독신자가 다수는 나른하고 따분한 것은 이 관계가 많으니 독신으로 지내는 것은 두말할 것 없이 부자연스러운 상태다.

'현실의 비애.' 그것은 예술상 아름다운 문자로만 아는 데 지나지 않던 내가 지금은 과거 어느 시대와 현재를 비교해 과연 현실의 비애를 알게 되었다.

나는 어느 지점에서 오른쪽과 왼쪽의 길을 잘못 밟은 것 같다. '실패'에 들어 어지간히 걸어온 나는 지금도 반성으로 더불어 그 나누어진 길까지 되돌아 들려 하나 이미 멀리 와 버려진 고로 용이한 일이 아니다. 다만 자위의 길을 취할 따름이다.

● 정조

정조는 도덕도 법률도 아무것도 아니요, 오직 취미다. 밥 먹고 싶을 때 밥 먹고, 떡 먹고 싶을 때 떡 먹는 것과 같이 마음대로 할 것이요, 결코 마음의 구속을 받을 것이 아니다.

취미는 일종의 신비성이니 악을 선으로 해석할 수도 있고 추한 것을 웃음으로 화할 수도 있어 비록 외형의 어느 구속을 받는 한이 있더라도 마음만은 자유자재로 움직일 수 있나니, 거기에는 아무 고통이 없고 쓰라리고 고됨 없이 오직 희열과 만족뿐이 있을 것이니, 즉 객관이 아니요 주관이요, 무의식적이 아니요 의식적이어서 마음에 예술적 정취를 깨닫고 행동이 예술화해지는 것이다.

서양에서는 일찍이 19세기 초부터 여자 교육에 성교육이 성행했고, 파리 풍기가 그렇게 문란하더라도 그것이 악하고 추하게 보인다는 것보다 오히려 아름답게 보이는 것은 이미 그들의 머리에는 성적 관계를 의식했고 동시에 취미로 알고 행동에 예술화한 까닭이다.

다만 정조는 그 인격을 통일하고 생활을 통일하는 데 필요하니 비록 한 개인의 마음은 자유스럽게 정조를 취미화할 수 있으나 우리는 불행히 나 외에 타인이 있고 생존을 유지해가는 생활이 있다. 그리하여 사회의 자극이 심하면 심해질수록 개인의 긴장미가 필요하니, 즉 마음을 집중할 것이다. 마음을 집중하는 자는 그 인격을 통일하고 그 생활을 통일하는 자다. 그러므로 유래 정조 관념을 여자에게 한해 요구해왔으나 남자도 일반일 것 같다.

왕왕 우리는 이 정조를 고수하기 위해 나오는 웃음을 참고 끓는 피를 누르고 하고 싶은 말을 다 못 한다. 이 어이한 모순이냐. 그러므로 우리 해방은 정조의 해방부터 할 것이니 좀 더 정조가 극도로 문란해 다시 정조를 고수하는 자가 있어야 한다. 저 파리와 같이 정조가 문란한 곳에도 정조를 고수하는 남자 여자가 있나니 그들은 이것저것 다 맛보고 난 다음에 다시 뒷걸음치는 것이다. 우리도 이것저것 다 맛보아 고정해지는 것이 위험성이 없고, 순서가 아닌가 한다.

흐르는 물결을 한편으로 흐르게 하면 기어이 다른 방면으로 흐트러지고 만다. 젊고 격렬한 흐름도 그 가는 길에서 틀려 가는 것이다. 이것은 자연의 일이니 자연을 누구의 힘으로 막으랴.

윤정이 있는 것은 사실이나 나는 모성애가 천품으로 있는 것인지 한 습관성인지 의심하고 있다. 우리가 많이 경험하는, 자식을 낳아 유모를 주어 기른다면 남의 자식과 조금도 틀림없는 관념이 생긴다.

생이별을 해 남의 손에 기른다면 역시 남의 자식과 똑같은 관념이 생긴다. 그러면 자식은 반드시 낳아서 기르는 데 정이 들고 그 모성애의 맛을 보는 것이니 아무리 남이 길러 줄 내 자식일지라도 장성한 뒤 만나게 된다면 깊은 정이 없이 섬섬하고 서먹하게 되나니 이렇게 되면 타인과 조금도 다름없이 이해타산으로 그 정을 계속하게 되는 것이다.

더구나 다대한 감정을 가지고 이혼을 한 두 사람 틈에 있는 자식이라면 어렸을 때부터 귀에 젖게 출가한 생모의 과실을 어른에게 듣고 의아하다가 그 생모를 만난 뒤에 융화성이란 좀처럼 생길 것이 아니다. 즉 삼종지도에 어렸을 때 사랑의 중심을 어머니나 아버지에게 두어야 할 아이들이 생활의 중심을 잃었고 동시에 마음의 중심도 잃을 것이다. 이러한 일종의 탈선적 습관이 생긴 아이에게 중간에 들이미는 모성애가 무슨 그다지 존귀함을 느끼랴. 다만 그 생모가 경제 능력이 커서 그것으로나 정복하면 모르거니와 그 아이의 머리에는 이해타산밖에 없을 것이다. 그리하여 결국 남편과 생이별을 하게 되면 법률상으로 그 자식들은 남편의 자식이 되는 것이요, 자식과도 역시 타인이 되고 만다. 그러므로 유래 구습 여자들은 남편과 생이별을 할 때는 자식 하나를 끼고 나가 평생을 거기에 구속을 받고 마나니, 이는 정을 들이자는 애처로운 사정이 있는 까닭이니 비교적 이런 자식에게는 효도를 받는다는 것보다 원망을 많이 받게 되나니 부질없는 일이요, 이혼하는 동시는 딱 끊고 후일의 운명을 기다릴 것이다.

나는 이러한 것을 잘 알고 다 각오했다. 그러므로 사람들이 내게 "크면 어디 가오? 다 어미 찾는 법이지." 하면 코웃음이 난다. 어미는 찾아 무엇하고 자식은 차차 무엇할 것인가. 남은 문제는 내가 돈이 많아서 저희들에게 이롭게 해준다면 모르거니와 그렇지 않으면 영원히 남이 되고 마는 것이다. 다만 열 달간 뱃속에 넣고 고생했을 따름이나, 그도 과거가 되고 보니 한 경험담에 지나지 않는 것이다.

공상적으로 보이던 모든 것이 다 산 것이 되고 말았다. 향하는 하늘빛은 높고 푸르다. 그 지평선 흐린 곳에서나 광명과 희망을 부르짖게 된다. 가슴에 잔뜩 동경하는 내게는 너무 모르는 세계가 있다. 거기서 주저주저하는 불안과 공포심이 생긴다. 알지 못하고 화원에 발을 들려 놓아 감미한 분위기에 도취했던 내가 기실 그것이 가시덤불 속 장미꽃이었던 것을 알고 운다. 불행에서 행복을 찾자.

나는 누구에게 대해서든지 이렇게 말한다.

"독신자처럼 불행하고도 행복스러운 자는 없다."

여자는 시집가서 자식 낳고 아침저녁 반찬 걱정하다가 일생을 보내는 범위를 떠나면 불행이라 한다. 그러나 그 범위 내에서 갈팡질팡하는 것이 행복이고 한번 그 범위를 벗어나서 그 범위 내에 있는 자를 보라. 도리어 그들이 불행하고 자기가 행복 된 것을 느끼나니, 날마다 같은 생활을 되풀이하는 그 침체한 생활과 비교해 시시각각 변천하는 감각으로 생활하는 자기를 보라. 얼마나 날마다 그 인생관이 자라 가고 생의 가치를 느껴 가는지, 사람은 그 생명이 붙어 있는 동안이 사는 시간이 아니요, 감정을 움직이는 것이 사는 것이다. 세상에는 사회에 얽매이고, 친구 가족에게 얽매이고, 생활에 얽매여 그 몸을 옴츠리고 뛰지 못하는 자 얼마나 많으뇨. 이 실로 불행한 자로다. 한번 독신의 몸이 되어보라. 그 몸이 하늘에도 나를 것 같고, 땅에도 구를 것 같으며, 전후좌우가 탁 틔어 거칠 것 없이 그 몸과 마음이 자유롭다. 이런 사람이야 말로 그들의 못하는 일, 그들의 못하는 생각을 해놓나니 역대의 위인, 걸사, 명작가들의 그 예가 많다. 그러므로 나는 종종 이런 말을 한다.

"K가 나를 사람으로 만들었어. 내게는 더 없는 고마운 사람이야. 그가 나를 가정생활에서 떠나게 해준 까닭에 제전에 입선을 하게 되고 뛰어난 감상문을 여러 편 쓰게 되었어. 나는 지금 죽어도 살아 있는 맛은 다 보았어. 나는 K를 조금도 원망하지 않아. 오히려 고마운 은인으로 여겨진다."

이렇게 말하면서 불행에서 행복을 찾게 된다.

여하한 환경이든지 다 내가 선용하도록 힘쓰면 불행 중에서 의외에 행복을 찾는 것이다. 즉 첫째는 내 자신이 환경을 좇을 것, 둘째는 환경이 나를 좇게 할 것, 셋째는 환경을 타처에서 구할 것. 이것을 실행하면 넓은 신천지를 발견할 수 있고 불행에서 행복을 찾기 그다지 어려운 일이 아니다.

여하한 종류의 과실이든지 오욕이든지 그것을 이겨낼 만한 힘만 있으면 귀중한 경험, 즉 찬연한 결정이 되어 그 사람 몸에 행복으로 처져 있게 된다.

● 나는 어떤 사람이 될까

그렇게 쾌활하고 명랑하던 내가 소금에 푹 절인 사람이 되고 말았다. 얼이 빠지고 어릿어릿하고 기운이 없고 탄력이 없다. 나이 마흔이라 그럴 때도 되었지만 그래도 심한 상처만 아니 받았던들 그렇게 쉽사리 늙을 내가 아니다. 그러나 이런 여자가 되고 싶다는 이상만은 언제까지든지 계속하고 있다.

남이 이성으로 대할 때 나는 감각으로 대하자. 남이 정의로 대할 때 나는 우아함으로 대하자. 남이 용기로 나를 대할 때 나는 위엄의 마음으로 남을 대하자.

나는 금욕 생활을 계속하자. 심령의 통일과 건강 보존으로. 그것은 내 성질이 냉혹한 까닭이 아니라 오히려 정열적인 까닭이다. 나는 일견 엄격하게 보이나 그것은 내가 냉정한 까닭이 아니라 가슴에 피가 지글지글 끓는 까닭이다. 나는 영적인 동시에 육감적이 되고 싶다. 자존심이 강한 동시에 진실하고 싶다. 나는 남의 큰 사랑을 요구한다. 아니 도리어 큰 사랑을 남에게 주려고 한다. 나는 스스로 향락하고 남에게 주는 행복은 풍부하고 심후하고 영속적임에 틀림없을 것이다. 나는 남의 연인인 동시에 연인 그대로의 어머니가 될 것이다. 즉 인생의 행복을 창시해놓는 것이 내 일종의 종교적 노력일 것이다. 동시에 상대자에게 심오한 책임 관념과 명확한 판단을 할 것이다. 나는 언제까지든지 젊은 기분으로 모든 사물을 매력 있게 만들 것이다. 그는 항상 내 생존을 미화하는 까닭이요, 자기 하는 모든 일이 내 전체로 아는 까닭에 희열을 느끼는 감이 생긴다.

나는 영혼의 매력이 깊은 것을 알았고 따라서 자기 자신의 인격적 우아함으로 색채가 풍부한 신생활을 창조해낼 것이다. 사람 앞에 나갈지라도 형식과 습관과 속박을 버리고 존귀함으로써 공적 생활에 대할 것이다. 나는 남보다 말이 적을 것이다. 그러나 그 침묵과 미소는 말을 많이 하는 것보다 오히려 웅변일 것이지, 아무리 외면은 흐르는 냇물과 같더라도 그 밑은 견고한 리듬으로 통일이 있을 것이다. 행복으로 빛날 때든 치명을 받을 때든, 안정하든 번민하든, 냉혹하든 정열 있든, 기쁘든 울든, 어떤 환경에 있든 나는 다수의 여자인 동시에 한 사람의 여자일 것이다.

나는 여자에 대한 남자의 여러 몽상을 안다. 근육이 발달한 여자보다 여러 방면으로 발달한, 즉 영구적 여성다운 여자를 요구한다. 남자 그들은 사회에 나서 복잡다단한 일에 접촉하고 있다. 그러므로 감정의 순환이 심하다. 그들이 느끼는 바 비애와 고적은 크고 깊다. 이에 반해 여자는 단순한 가정에 잠복해 신경질이 될 뿐이요, 기실은 침체되고 말았다. 자극성을 요하는 남자에게 불만을 주게 되는 것은 물론이려니와 여자에게 그 책임감을 느끼지 않을 수 없다.

남자 제위여! 어찌하면 만족을 느끼게 되고, 여자 제위여! 어찌하면 만족을 주게 되랴. 만족은 오직 마음먹기에 달린 것이다. 내가 늘 외우고 있는 석가의 교훈.

인생은 끝이 없으니 헤아릴 수 있게 해주소서.
(人生無邊誓願度)
번뇌는 다함이 없으니 끊어버리게 해주소서.
(煩惱無盡誓願斷)

그러므로 깊은 비애를 가진 여자는 남자의 가슴에 일종 말할 수 없는 정서의 동요를 깨닫게 하고, 불평을 가진 여자는 남자 마음에 견딜 수 없는 고통을 준다.

나는 열여덟 살 때로부터 20년간을 두고 어지간히 남의 입에 오르내렸다. 즉 우등 1등 졸업 사건, M과 연애 사건, 그와 사별 후 발광 사건, 다시 K와 연애 사건, 결혼 사건, 외교관 부인으로서의 활약 사건, 황옥 사건, 구미 만유 사건, 이혼 사건, 이혼 고백서 발표 사건, 고소 사건, 이렇게 별별 것을 다 겪었다.

그 생활은 각국 대신으로 더불어 연회하던 극상 계급으로부터 남의 집 건넌방 구석에 굴러다니게 되고, 그 경제는 기차, 기선에 1등, 연극, 활동사진에 특등석이던 것이 전당국 출입을 하게 되고, 그 건강은 쾌활 씩씩하던 것이 거의 마비까지 이르렀고, 그 정신은 총명하고 천재라던 것이 천치 바보가 되고 말았다. 누구에게든지 호감을 주던 내가 이제는 사람이 무섭고 사람 만나기가 겁이 나고 사람이 싫다. 내가 남을 대할 때 그러하니 그들도 나를 대할 때 그럴 것이다.

이와 같이 사람 능력으로 할 만한 일은 다 당해보고 남은 것은 사람을 버린 것밖에 없다. 어찌하면 다시 내 천성인 순진하고 정직하고 순량하고 온유하고 부지런하고 총명하던 그

성품을 찾아볼까.

다 운명이다. 우리에게는 사람의 힘으로 어쩔 수 없는 운명이 있다. 그러나 그 운명은 순순히 따르면 따를수록 점점 더 심하게 닥쳐오는 것이다. 강하게 대하면 의외에 힘없이 쓰러지고 마는 것이다.

● 어디로 갈까

나는 어느 날 산보를 하다가 움집 하나를 발견했다. 나는 일부러 거적을 열고 그 안을 들여다보았다. 그리고 돌아서서 일어설 때 내 입에서는 이런 말이 새었다.

"너희는 나보다 행복스럽다. 이런 움집이라도 가졌으니. 나는 장차 어디로 갈까? 더구나 이번 사건 이후 면목을 들고 나설 수가 없으니."

이렇게 중얼거리는 나는 눈물이 핑 돌았다.

'파리로 가자. 아니 고국산천을 떠나서 그 비애 고적을 어찌 할까? 아니 갔다가 또 빈손으로 오면 다시 방황할 게 아닌가? 아니, 모성애에 대한 책임은 어찌 할까?'

이렇게 생각하고 보니 다시 생각이 탁 막힌다.

가자, 파리로 살러 가지 말고 죽으러 가자. 나를 죽인 곳은 파리다. 나를 정말 여성으로 만들어 준 곳도 파리다.

나는 파리 가서 죽으련다.

찾을 것도 만날 것도 얻을 것도 없다. 돌아올 것도 없다. 영구히 가자. 과거와 현재가 공허인 나는 미래로 나가자.

● 무엇을 할까

한 사람이 이만큼 되기에는 조선의 은혜를 많이 입었다. 나는 보은할 사명이 있어야 할 것이다. 교육계로, 농업계로, 상업계로, 언론계로, 문예계로, 미술계로, 인물을 기다리는 이때가 아닌가. 무엇을 하나 조선을 위해 보조하지 못하고 어디로 간다는 것은 너무 이기적이 아닌가.

아니다, 아니다. 내가 있음으로 모든 사람의 침착성을 잃게 된다. 크게 말하면 조선 사회의 독신 이성자들에게, 혼인 전 여성들에게, 적게 말하면 청구 씨에게, 그의 후처에게, 4남매 아이들에게, 양쪽 친척들에게, 친우 사이에 불안을 갖게 되고 침착성을 잃게 된다. 그러므로 내가 있는 것은 해독물이 될지언정 이로운 것이 되기 어렵다.

나는 수중에 ××원 가지게 되었다. 비록 이것이 분풀이의 결실이라 하더라도 내게도 그다지 상쾌한 일이 되지 못하거니와 C의 마음은 오죽했으랴.

"나는 나는 이것을 가지고 파리로 가련다. 살러 가지 않고 죽으러."

가면서 내 할말은 이것이다.

"청구 씨여, 반드시 후회 있을 때 내 이름 한 번 불러주소. 4남매 아이들아, 어미를 원망하지 말고 사회 제도와 도덕과 법률과 인습을 원망하라. 네 어미는 과도기에 선각자로 그 운명의 줄에 희생된 자였더니라. 후일 외교관이 되어 파리에 오거든 네 어미에 묘를 찾아 꽃 한 송이 꽂아다오."

펄펄 날던 저 제비
참혹한 사람의 손에
두 쪽지 두 다리
모두 상했네.
다시 살아나려고

발버둥치고 허덕이다

끝끝내 못 이기고

그만 척 늘어졌네.

그러나 모른다

제비에게는

아직 따뜻한 기운 있고

숨 쉬는 소리가 들린다.

다시 중천에 떠오를

활력과 용기와

인내와 노력이

다시 있을지

뉘 능히 알 이가 있으랴.

(이전에 써 놓은 원고에서)

—《삼천리》, 1935년 2월

구미 여성을 보고 반도 여성에게

저 로마의 대리석 궁전을 보라. 그 기초는 조약돌을 모아 지은 성이 아니던가! 저 위인 나폴레옹이나 카이사르를 보라. 임신 열 달로부터 자라난 이가 아닌가. 영아의 때로부터 대인의 성큼성큼 걸음이 되는 것이 아닌가. 대연회에 오르는 성찬도 한 점 두 점 도마 끝에서 된 것이 아닌가. 금의홍상도 한 땀 두 땀 바느질로 된 것이 아닌가. 세균이 비록 작으나 사람의 귀한 생명을 빼앗고, 좀이 비록 미약하나 고목장기를 쓰러뜨리지 아니하는가. 여자는 적다 그러나 크다. 여자는 약하다 그러나 강하다. 구미 여자는 대체로 동양 여자에 비해 피부색이 희고, 키가 크고, 코가 높고, 눈이 깊으며, 그 행동은 분명하고, 진취성이 많으며, 활동이 많고, 보통 상식이 풍부해 매사에 총명하다.

자유를 좋아하고 활발한 미국 여성은 사회적으로는 개방주

의요, 개인적으로는 폐쇄주의다. 사교를 잘 하며, 사람의 성미를 잘 맞추고, 화두를 잘 옮기며, 상대자의 의사를 좇는 데 고심하고, 자기 의사를 발표하는 일이 없다. 황금만능으로 금전은 생명이요 지위는 실리다. 고상하고 착실하고 점잖은 미국 여성은 때로는 봄 하늘같이 청명하다가 때로는 가을 하늘과 같이 황망하다. 일반적으로 우울과 비애로 쾌락할 때도 근심이 있다. 사실을 귀하게 여기고 경험을 중시한다. 일반적으로 정치 상식이 풍부하며 싫증 없는 큰 뜻과 끊임없는 활동을 한다.

풍자 태도가 꽃에 날아드는 나비와 같은 프랑스 여성은 그 몸이 가지런하고 표정이 활발해 사람과 쉽게 사귀고, 좋은 글귀와 경어를 써서 좌석을 서늘케 하며, 가장이 없고, 위선이 없고, 악의가 없고, 신랄함이 없다. 관찰이 예민하고, 선천적으로 미에 풍부하며, 우아하다. 실로 사교장의 선망의 대상이다.

일 잘하고 무서운 독일 여성은 사물의 진상을 정하는 동시에 크게 노력해 드디어 위대한 가정 사업을 성취한다. 부끄럼을 많이 타고 매우 침착하며 온화하고 가정적이어서, 타 유럽 여성과 같이 사교적이 아니요, 살림에만 착실해 별로 외출하지 아니한다. 매우 소극적인 동시에 실용적이다.

잔인성이 많은 이탈리아 여성은 여자답고 사랑스러운 여성이 적다. 문명에서 퇴보된 국민인만큼 별로 좋은 특징이 보이지 않고 모두 개질치 않게 보인다.

고집 센 스페인 여성은 자기 고집대로 해보려 하고, 감정은 예민하지만 원한을 오래 가지고 있어 이탈리아 여성과 같이 잔인성이 많다. 눈과 머리가 검고 빛이 희고 미인이 많다. 즉 동양과 서양 식이 절충한 세계적 미인이 많다. 질투가 심해 기어이 복수를 하고 말며, 명예심도 많다고 한다.

참기 잘하는 러시아 여성은 의무심이 많으며, 인내심이 많고, 희생적 정신과 정열을 가졌으며, 레닌 정부가 된 후로 그들은 외면으로는 당당한 사람 지위에 있으나 내면으로는 생산 문제로 인해 일어나는 번민이 많다.

이상과 여히 구미 각국 중 큰 나라 여성의 특징을 간략히 열거해 그 지위를 암시했거니와 일반으로 구미 여성은 창조적이요 예술적이다. 그러나 구미 여성은 인격적으로나 두뇌로나 기술로나 학술상 조금도 남자의 그것보다 결핍하지 아니해 당당한 사람 지위에 있는 것이다.

직업 부인은 간편한 아파트 셋집에서 살고 자식은 공동 보육소에 맡기어 기르고 밥은 레스토랑에 가서 먹고 의복은 포목점에 가서 사 입는다.

가정부인은 남편의 구미에 맞는 음식을 먹고, 얼굴 체격에 맞는 의복 모자 외투를 해 입고 쓰나니 사랑의 보금자리 스위트홈에 섬섬옥수의 지나간 자취가 가지 않은 바가 없다. 상점, 회사, 은행, 정차장, 식당, 호텔, 거래소를 가보라. 참새 같고, 제비 같고, 앵무 같고, 공작 같은 여자들이 날쌔게 거동하고 있지 않은가. 의회를 가보라. 대의석에는 머리가 흰 부인 노 대의사가 척척 들어와 앉지 않나. 여황으로부터 대신, 공사석에 여자가 참석한 곳이 없지 아니한가.

요컨대 실력으로는 체험 많은 노부인을 쓰지만 구미에는 대개 젊은 여성, 어여쁜 여성, 돈 있는 여성의 세상이다. 사회가 복잡하고 동정이 움직이는 세상이다. 음침하고 이론을 좋아하는, 즉 공상적인 학자의 부인도 필요하거니와 보편적으로 다소 무식하더라도 명랑하고 실질적인 여자도 요구하나니, 여성은 이미 남성이 가지지 못한 매력을 가졌다. 그리하여 위정자로의 계책자, 한 가정의 여왕, 한 단체의 주격자는 여성이 없고는 기분이 명랑해지지 못하고 조화성을 잃게 되나니, 동양에서도 요릿집에서나 연회석에 기생을 부르게 되는 것이다.

더구나 구미에서는 부부가 떨어지지 않고 다니게 되나니 그러므로 동양 남성이 딱딱하고 거친 반대로 서양 남성은 부드럽고 친절하다. 동양 남성이나 여성이 몰상식한 반대로 서양 남성이나 여성은 상식이 풍부하다. 창작성은 대개 이성 간에서 있게 되나니 그들의 생활은 창작적이요, 그들의 생각은 창작적이다. 하여튼 그들은 인생관이 서고 처세술이 서 있다. 사람인 것을 자각했고 여성인 것을 의식했다. 이것을 우리는 배우자는 것이요 흉내내자는 것이다.

가시덤불 속에 든 장미꽃, 너는 언제 빛나는 꽃이 되려나. 그러나 시간은 간다. 그 시간은 모든 변화를 가지고 온다. 그 시간은 미구에 너에게 자각과 의식과 실행을 움켜주리라. 아니 지금 진행 중에 있다. 선진 구미 여성이여, 우리는 그대를 존경하는 동시에 우리의 지위를 찾고자 하노라.

—《삼천리》, 1935년 6월

독신 여성의 정조론

"언니, 연애편지 한 장 써주어."

방금 직업 부인으로 있는 K는 그 형 되는 S에게 청을 하러 왔다. K는 S의 가장 사랑하는 아우여서 이따금 이런 응석을 하러 오며, K가 약혼하고 신랑 되는 Y와 지내는 로맨스를 조석으로 형에게 이야기하면 S는 귀엽고 흥미 있게 잘 들어주는 중이었다.

"애 골치 아프다."

"왜 그래? 언니도 다 늙었군."

"늙기도 했다만 심사나 나서."

"왜 그래?"

K는 눈이 말똥말똥해진다.

"안 그러겠니? 몸은 늙었으나 마음은 늙지 않았으니."

"그럼 청춘 시절의 로맨스가 추억이 된단 말씀이지?"

"그도 그렇거니와 지금은 로맨스가 없는 줄 아니?"

"아이구 망측해라, 다 늙은이가."

"그러게 걱정이란다."

"그래 언니도 지금 나처럼 애인이 보고 싶어 애를 태우고 밤잠을 못 자도록 고민스러워?"

"그것은 청년의 연애요. 중년의 연애는 다르지."

"어떻게 달라, 언니?"

K는 바짝 대든다.

"그건 이다음에 말해줄게."

"지금 말해 응, 언니?"

"지금 네게는 필요하지도 않고 쇠귀에 경 읽는 격으로 알아듣지도 못할 것이니 그만두자."

"그러면 어서 편지 한 장 써주어."

"Y에게 말이지."

"그럼."

"언제까지?"

"내일 아침까지."

"이건 최대 급행인걸."

"일전에 Y에게서 온 편지를 언니 보았지. 그 편지 답장 말이야."

"그러면 길게 써야겠네."

"온 편지가 기니까 가는 편지도 길어야지."

"그런데 너도 늙지 아니해서 망령이다."

"왜?"

"누가 연애편지를 대필한다데."

"그런 줄 누가 모르나."

"눈 뜨고 구렁이에 빠지는 격이로군."

"또 골치 아픈 언니 이론이 나온다."

"이론이 아니라 그렇지 않으냐. 가슴에서 지글지글 끓어오르는 피를 그 섬섬옥수로 써내 나온 것이 소위 연애편지가 아니냐."

"누가 모르나, 그런 것을."

"흥, 다 안단 말이지."

"그럼."

"내가 못 하겠다면……."

"언니. 그러지 말고 이번만 꼭 하나 써주어."

K는 형에게 매달려 응석을 부린다.

"밑천이 드러났단 말이지."

"그래. 우리 언니가 잘 알지. 인제 쓸 말이 없겠지."

"그러리라. 쥐꼬리만 한 학식으로."

"그래, Y의 상대로 감당해낼 수가 없어."

"애, Y의 편지 보니 다 된 사람이더라. 제법 인정미와 인간애가 겸비한 사람이던데."

"아마 그런가 보아. 그러니 그대로 써주어."

"써볼까."

S는 맞은 벽을 잠깐 쳐다보며 끔뻑끔뻑한다.

"아이고 좋아라."

"좀 어려운 주문인걸."

"내게는 어려운 일이지만 언니는 쉬운 일이야."

"그야 내 애인에게 쓴다면 쉽지만."

"언니 애인에게 쓰는 기분으로 써."

"그러다가 미쳐나게."

"역시 언니는 열정가이어."

"늙어도 열정은 그대로 남았지."

"그러게 말이야. 예술가이니까."

"너도 제법이로구나. 그런 것을 다 알고."

"언니도 샌님은 좀 업신여긴다나."

"그렇게 노할 것이 아니야. 귀여워서 그러지."

S는 K의 등을 뚝뚝 두드린다.

"그러면 언니 잘 부탁해."

K는 날마다 가는 자기 직업소 병원으로 간다.

S는 K를 보내고 비스듬히 앉아서 빙긋이 웃는다. 그는 지금 K와 Y가 꿀과 같은 속삭임에 있는 것이 귀엽고 사랑스러우며, 그들의 일보일보 진행해나갈 앞길이 활동사진 필름같이 어른어른하게 지나가는 까닭이었다. 그리고 그들의 앞길에 희비극이 다 있을 것을 예상하며 한 막의 연극을 구경하는 감이 생긴 까닭이다. S는 책상 서랍을 열고 편지지를 꺼내 놓고 펜을 들었다.

경애하는 Y씨!

벌써 봄인가? 아마도 봄이 왔나 봐요. 봄이 왔지요? 글쎄요. 봄이 왔습니다그려. 아아, 벌써 봄이로구나.

도회의 봄, 농촌의 봄, 따뜻한 봄, 아름다운 봄, 지저귐의 봄, 꽃밭의 봄, 피리의 봄 사람의 봄, 금수의 봄, 기쁨의 봄, 슬픔의 봄, 유천장제의 봄, 화홍문의 봄 방화수류정의 봄, 완전한 봄은 찾아왔습니다그려. 이 자연의 봄과 인생의 봄을 함께 가진 우리 두 사람은 얼마나 행복스러운가요. 가장 단순한 듯한 자연이 우리에게 가장 염증을 아니 주는 것을 보면 자연력이란 그 내재력이 풍부한 것인가 보아요.

나는 오늘까지 하늘은 높고 아득하건만 머리 둘 곳 없고 땅은 넓건만 다리 쉴 곳 없이 어쩐지 모르게 주위가 거북했습니다마는 오늘부터는 마음이 턱 놓이고 힘이 저절로 나고 의지가 탁 됩니다. 귀공은 임의 인정미와 인간애가 겸비하신 분이니까 다 짐작이 계실 줄 알며, 나를 영원히 사랑하고 아껴주실 줄 믿으며, 내 성의가 다하도록 이것을 받고 품에 안고자 하나이다.

귀함을 거듭 공손히 읽으니 느끼는 바가 많습니다. 과연 그렇습니다. 사람은 고생을 모르고는 남의 사정을 잘 알아줄 수 없나이다. 즉 맛있는 사람이 될 수 없나이다. 공은 밥도 굶어보고 나무도 해보았다구요. 그러기에 금일의 귀공이 되었습니다. 불급하나마 나도 다소 고생을 해왔습니다. 남을 알아줄 줄은 모른다 할망정 남의 말을 알아들을 줄은 아옵니다. 이 점으로 보아 우리의 앞길은 행복을 보증할 만한 튼튼한 길인 줄 아옵나이다. 아무쪼록 잘 지도해주십쇼……운운…….

– 구십춘광(九十春光)에 자라나는 K.

그 이튿날 아침에 K는 S에게 들렀다.

“언니 다 썼어?”

“다 썼다마는 그냥은 안 될걸.”

농담 잘하는 S는 또 농담을 붙인다.

“그럼 어쩌라고.”

“연애편지를 누가 그냥 써준담. 피와 땀의 결정인데.”

“또 한턱을 내란 말이지?”

“여부지사가 있나.”

“내 하지.”

“어떻게?”

“Y 월급 타거든 절밥 먹으러 가.”

“그거 좋은 말이다.”

“인제 조건이 다 붙었으니 편지를 주어.”

“애, 억지로 짜내느라고 죽을 뻔했다. 쓸 말이 있나. 애꿎은 봄타령이나 했지.”

“어디 봐.”

K는 편지를 들고 본다.

“대체 수다스러워.”

“일껏 써주니까 공 없는 소리나 하고.”

"아니야 아니야 언니, 능청스럽게 잘 썼어."

"그렇다면 모르거니와."

"내 마음에 있는 말을 다 썼는데. 대체 용해."

"적어도 글로 늙은 난데 그러니."

"그래 지금도 열정 있는 편지가 써지우?"

"그럼."

"나도 그럴까?"

"그래서 어쩌게?"

"왜?"

"고생스러우니까 그렇지."

"재미있을걸 아마."

"몸은 늙으나 마음은 늙지 않는다. 이야말로 예술적 기분을 맛보지 않는 사람이고는 맛볼 수 없는 것이야."

"그러면 그런 사람은 행복이겠지."

"마음고생이 심하지."

"언니, 중년의 연애는 어때?"

"글쎄, 그만두자니까 그래."

"말해. 응."

"청춘의 사랑은 모닥불과 같고 중년의 사랑은 겻불과 같이 뭉긋이 타며 잘 잠 다 자고 하는 연애지."

"과연 그럴 것이라."

"알아듣겠니?"

"그럼 못 알아들어."

"그 편지를 오늘 부칠 테냐?"

"그럼 빨리 부쳐야지. 고마워."

K는 나간다.

춥지도 덥지도 않은 봄날 화홍문, 모범장에는 벚꽃이 흐드러지게 피인 날 오후 5시. 그들이 퇴근한 후 K와 Y를 태운 택시 한 대는 S의 집문 앞에 대었다. K는 날쌔게 내려 들어간다.

"언니, 어서 나와."

마침 준비하고 있던 S는 나왔다. Y는 문간에서 기다리고 섰다.

세 사람을 태운 택시는 봉녕사로 달아났다. 바람에 날려 오는 향긋한 풀냄새는 우울한 중에 있던 S의 머리를 시원하게 해주었다. 택시는 삽시간에 성내에서 10리 좀 못 되는 봉녕사 마루턱에 대었다. 세 사람은 층층대로 올라가 법당을 구경하고 조용한 방을 택해 들어가서 저녁밥을 시켰다. 곧 밥은

다 되었다. 표주박에 기름을 치고 튀각을 부셔 넣고 고비나물 도라지나물을 넣고 두부전골 국물을 치고 비볐다.

"참 맛있다."

K는 맛있게 먹으며 말한다.

"많이 먹어라."

"맛있는데요."

Y도 말한다.

"글쎄 맛있사외다그려."

밥값을 치르고 나섰다.

날은 저물고 십오야 명월은 중천에 떠올랐다.

"우리 슬슬 걸어가면서 이야기나 합시다."

"참 기분이 좋은데요."

Y는 만족해하며 웃는다.

세 사람은 슬슬 걷는다.

검은 소나무 위에는 흰 달이 뜨고 그림자는 어른어른했다. 땅에서는 쑥 냄새가 뿜어 오른다.

"그렇게 먼저 가지 마쇼."

"서양 사람이 말하기를 동양 사람은 동행하는 것을 보면 어느 나라 사람인 것을 안다고 그래."

"어떻게요?"

앞서가던 Y는 멈칫하며 묻는다.

"나란히 서서 이야기하고 가는 것을 보면 일본 사람이고, 띄엄띄엄 서서 아무 말 없이 가는 것을 보면 중국 사람이나 조선 사람이라고 그런다나요."

"하하하 호호호."

"언니 이야기해."

"그럴까. 우리 먼 길을 먼 줄도 모르게 이야기나 나누면서 갈까?"

"찬성입니다."

"저 이탈리아 폼페이 화산 고적에 가본즉 2천년 전 풍속 중에 조그마한 호리병이 있는데, 초상이 나면 사람을 데려다 울렸는데, 그 눈물을 호리병에 받아서 값을 주었다나."

"아이고머니나 우스워라."

K는 깔깔대고 웃는다.

"그리고 어느 곳에는 벽화 한 조각이 남았는데, 그것은 뚜껑을 해 덮고 남자만 보이는 것을, 나는 그림 그리는 사람이라 하고 보니까 남자 생식기를 저울로 다는 것이 있겠지."

"그건 달아 무얼 해?"

K는 또 웃는다.

"중량을 보는 것이겠지."

Y는 무슨 의미를 포함함인지 태연히 이런 말을 한다.

"그때 폼페이 풍속이란 극도로 사치하고 음탕해서 식당엔 조류화, 무답실엔 여신화, 침실엔 춘화, 유아실엔 자유화가 그려 있고 사방 벽색을 흑색으로만 된 방, 진홍색으로만 된 방, 진록색으로만 된 방이 있겠지."

"폼페이는 너무 사치하고 음탕해서 신이 벌을 내렸다는 곳 아니에요?"

상식을 가진 Y는 말한다.

"그야 그뿐이오. 로마 전성시대는 연회석상에서 음식을 먹고 손가락을 넣어 토하고 또 먹고 또 먹고 했다오."

"어머니나."

K는 깜짝 놀란다.

"프랑스 파리의 고풍 박물관에는 유명한 여자의 요대라는 것이 있는데, 옛날에 남편이 전장에 나가 있는 동안 여자가 어찌 행위가 부정한지 전장에 나갈 때 여자의 음부에 허리를 해 따워 오줌 눌 만큼만 하고 자물쇠로 잠그고 열쇠를 가지고 갔대."

"어머니나. 저를 어째. 망측해라, 별 풍속이 다 많군."

"일일이 이야기하려면 별별 풍속이 다 많지."

"그러겠지요. 문명과 역사가 오래되니 별별 풍속이 다 많겠지요."

Y는 말한다.

"애 K야."

"네."

"너 방귀 봤니?"

"방귀를 어떻게 봐."

"그걸 못 봤담."

Y는 빙긋이 웃으며 말한다.

"아주 아는 체하느라고."

"그럼 몰라?"

"그럼 말해봐."

"당신이 먼저 말해야지."

"아니 보았다는 당신이 먼저 말해야지."

K와 Y는 몸을 슬쩍이고 등을 치고 살을 꼬집고 한참 재미있게 논다. 이 문제를 제공한 S는 곁눈으로 슬쩍슬쩍 보며 빙긋이 웃을 따름이다. 다 각각 그림자를 끌고 어슬렁어슬렁 소

나무 사이로 희어졌다 검어졌다 하며 성내를 향해 속삭이며 걷는 세 사람은 적이 한가스럽고 재미스러웠다.

"약긴 꽤 약아."

"왜?"

"못 보았다긴 싫다니까 남더러 말하라고 그러지."

"그렇게 서로 미룰 것이 아니라 가위바위보를 해."

"그래 그렇게 해."

"가위바위보. 무승부일세."

"그렇지, 남자가 지는 법이지."

"이건 쫄딱 망했네."

"어서 말해 어서."

K는 Y를 꼬집는다.

"아야, 이때까지 빼다가 말하기 좀 싱거운걸."

"안 하고 견디나."

"그럼 하지."

"어서 말해."

K는 Y의 어깨를 짚는다.

"이거 재수없으라고 남의 어깨는 왜 짚어."

"어서 말해."

"당신 목욕통에 들어앉아 방귀 한 자루를 뀌어보면 어떻습디까?"

"옳지 옳지, 그래그래 보글보글 올라오지."

"하하하하 호호호호."

"어때, 그걸 몰라."

"인제 알았어."

세 사람은 허리를 잡고 데굴데굴 구른다. 잠깐 묵묵했다가 화제는 인생관으로 들어섰다.

"결혼식은 언제 하시려오?"

S는 어른답게 묻는다.

"지금 이때가 제일 행복스러워요. 약혼기가 늦으면 늦을수록 인생의 맛을 더 아니까요."

"그러나 결혼이 인생의 전체가 아니니까 공연히 Y 씨나 K가 이대로 있을 필요 없이 속히 식을 거행해 마음을 안착하는 것이 좋겠지요."

"왜 그럴 필요가 있을까요?"

"염증이 나기 쉬우니까 그렇지요. 즉 결점이 보이기 전에 결정을 지우는 것이 좋겠지요."

"결혼 후에 염증이 생기면 더 위험하지 아니해요?"

"결혼 전이나 결혼 후나 언제든지 누구든지 한 번은 염증이 나는 것이지요."

"왜 그래요?"

"사랑이나 존경이나 동정이 아는 동안뿐이요, 알아지면 식어지고 결점이 보이니까요. 마치 한란계의 수은이 100도까지 올라갔다가 0도로, 심하면 영하까지 내려가듯이."

"그럴까요?"

"아무렴요. 그렇지요. 사람의 정이 한이 없는 것이 아니라 한이 있는 것이에요. 그 고저가 다시 깊고 두텁게 뿌리를 박아야지."

"그럴 듯도 합니다마는 다 사람에게 달렸을 터이지요."

"사람은 공통성이란 것이 있으니까요."

"그러면 어떻게 살면 잘살겠습니까?"

Y는 자못 흥미 있게 지금까지 혼자서 꿍꿍 궁리하던 본문제로 들어선다.

"그러니까 말이에요. 이렇게 생명이 짧은 소위 사랑에 속아 자기 몸을 옴치고 뛸 수도 없이 만드는 자가 그 얼마나 많은가요."

"결국 인생은 평범히 되는 것이 목적이니까요."

"그야 그렇지요마는 그 평범하게 되기 전에 생명을 좀 늘릴 수가 있으니까요."

"어떻게요?"

"사랑을 표어로 결혼해서 자식 낳고 벌어 먹이느라 남편의 비위 맞추기에 애써 얽매어 살다가 죽는 것 아니오. 이것이 소위 평범이지요."

"그럼 딴 방침이 있나요? 인생의 목적은 생식인데요."

"그렇지요. 결국 그런 목록을 다 각각 밟겠지마는 속히 밟을 필요가 없고 사회 제도도 그만큼은 자유로이 되어 있으니까요."

"무슨 말씀인지 잘 모르겠어요."

"다시 말하면 남녀 간에 춘기 발동기가 되면 부모의 사랑이나 친구의 사랑만으로는 만족하지 못하고 이성을 그리워하며 애태워 사랑의 미명하에 일찍이 자기 몸을 구속해 스물이나 서른 미만에 옴치고 뛸 수 없는 지옥에 빠지고 마는 것 아닙니까?"

"네. 그렇지요."

"그러는 것보다 자기가 먼저 무엇으로 번민하고 고통하는 것을 생각하며 그것만 해결해 구속된 생활을 좀 늘일 필요가 있지요."

"아마 대개는 성욕 방면으로 고민할 걸요."

"그러니까 그것은 독신자를 위해 사회 제도가 이미 실시되지 아니했어요."

"유곽 말씀이지요."

"그렇지요. 처자의 생활을 능히 보장할 수 있을 때까지 독신 생활을 하며 유곽에 출입할 것이지요."

"화류병도 무섭기는 하거니와 사람이 간절하지 않게 되니까요."

"그것은 상당히 조심하면 될 것이오. 그러기에 한곳을 늘 다니는 것보다 다른 곳을 다니라고 어느 청년에게 말한 적이 있습니다."

"그렇기는 그래요. 성욕 한 가지로 인해 일찍이 자기 몸을 구속할 필요가 없을 것 같아요."

"절대로 그럴 필요가 없지요. 그러기에 여자 공창만 필요한 것이 아니라 남자 공창도 필요해요."

"파리는 남자 유곽이 있다면서요."

"파리도 있거니와 오사카에도 있어 노처녀, 군인 부인, 과부들이 출입을 한단 말을 실담으로 들은 일이 있는데요."

"그러면 정조 관념이 없지 아니해요."

"정조관념을 지키기 위해 신경쇠약에 들어 히스테리가 되는 것보다 돈을 주고 성욕을 풀고 명랑한 기분으로 살아가는 것이 아마 현대인의 사교상으로도 필요할걸요."

"차차 그렇게 될 것입니다."

"그러기에 인문이 발달해질수록 독신자가 많이 나고 성욕 해결만 된다면 가정이 필요 없이 될 수 있는 대로 독신 시기를 늘리게 하는 것이지요."

"그러면 정신적 위안은 어디서 얻어요?"

"생활 전선에 나선 그들에게는 그런 고적을 느낄 새가 없고 자기 일이 정신적 위안이 되고 마니까요."

"일에 권태가 생길 때는요?"

"그만한 일이야 극기할 수밖에 없겠지요."

"그렇게 독신 생활을 계속할 수 있을까요?"

"그러기에 독신 생활을 장려하는 것이 아니라 독신으로 지낼 수 있을 때까지 있는 것이 좋겠단 말이지요."

"까딱하면 사람을 버릴 수가 없을까요?"

"그야 그렇지만 어려운 문제지요."

"골치 아프니 그만둡시다."

"그러면 어떻게 하면 평화로운 가정을 이룰 수 있을까요?"

Y는 장차 맞이할 신가정에 대한 이상이 크고 많다. 그러나 이미 경험이 많은 S의 의견이 듣고 싶었던 터다.

"서양 격언에 화평한 가정을 이루려면 '남편은 아내를 꽃으로 보고 아내는 꽃핀 것을 자각해야 한다.' 했어요."

"과연 그럴 듯한데요."

"서양 사람의 스위트 홈이 결코 그 남편이나 아내의 힘으로만 된 것이 아니라 남녀 교제의 자유에 있습니다. 한 남편이나 한 아내가 날마다 아침저녁으로 서로 대면하니 싫증이 나기 쉽습니다. 그러기 전에 동부인을 해 나가서 남편은 다른 집 아내, 아내는 다른 집 남편과 춤을 추든지 대화를 하든지 하면 기분이 새로워집니다. 그러기에 어느 좌석에 가든지 자기 부부끼리 춤을 추든지 대화를 하는 것은 실례가 되는 것입니다."

"그럴 듯도 합니다."

"그럴 것 아니에요? 밖에 나가서 새로운 기분을 수입해 집에 들어와 그 기분을 이용하니 스위트 홈이 아니 될 수가 있어요."

"조선에도 차차 그렇게 되겠지요."

"테이크 롱 타임이지요."

"남편은 복잡한 사회에서 쓴맛 단맛 다 보고 아내는 좁은 가정 속에서 날마다 같은 일로만 되풀이하고 있어 아내는 남편의 감정 순환을 이해하지 못하고 남편은 아내의 감정을 이해하지 못해 어디까지 따로따로 나니 그 가정은 무미건조할 것이요, 권태가 생길 것이겠지요."

"참 그래요."

"그러기에 연애결혼만 해도 처음은 여자에게 무엇이 있을 듯해 호기심을 두던 것이 미구에 그 밑이 들여다보이고 여자는 그대로 말라붙고 남자는 끊임없이 사회 훈련을 받아 성장해나가니 그 결과는 어떻게 되겠습니까. 서로 물끄러미 말끄러미 쳐다보게 되고 권태가 생기지요."

"그럼 남자가 여자보다 일찍 지위에 오르는 모양이지요."

"그렇지요. 여자는 생식적으로 일찍 지위에 오르고 남자는 지식적으로 일찍 그러는 것이지요. 그러기에 지식적으로 보면 남자 스물대여섯 살과 여자 서른, 마흔 살이 상대가 되는 것이에요."

"그럴까요?"

"그러면 남자 서른 살에 여자 마흔 살로 상대를 해 결혼을 한다면 이상적 가정을 이룰 것이겠구만요."

"그야 그렇다고 할 수 있겠지만 여자에게는 미의 조건이 있으니까 그렇게까지 초월하게 생각할 남자가 없겠지요."

"문예 부흥기 천재 화가 라파엘이든지 19세기 천재 화가 르누아르 같은 사람은 중년 부인을 찬미해 중년 부인 나체만 그리지 아니했어요."

Y는 기왕 어느 화가에게 들었던 말을 한다.

"알고 보면 남녀 간에 청년의 미보다 원숙한 중년의 미가 더 좋은 것이에요."

"그러면 조선 가정으론 어떻게 해야 평화한 가정을 이룰 것일까요?"

"그러니 말이에요. 남녀평등이라 하지만 남녀평등으로 생각하기 때문에 불평을 갖는 수가 많으니까요. 남편은 아내보다 우월감을 가지고 부득이한 일 외에는 자기 혼자 처리하는 것이 오히려 불평이 없는 것이에요. 그 예로 신가정에 충돌이 많고 구가정에 평화가 유지하는 것을 보면 충분히 알 것 아니에요."

"K씨, 잘 들어 두어요."

Y는 옆에서 가는 K의 어깨를 툭 친다.

"조막손이는 말 못하겠네."

K는 톡 쏜다.

"내 뜻을 이렇게 못 알아주지."

"모를 리가 있나, 응석이지."

S는 좋았다 싫었다 하는 Y와 K의 심리를 속으로 짐작하며 중재를 한다.

"그러면 어쭙잖게 신여성을 취하는 것보다 구여성을 취하는 것이 낫지 않을까요."

"그래도 아는 것밖에 있나요. 우월한 남자가 하기에 달려 있지요."

"Y씨 잘 들어 두시오."

K는 Y의 어깨를 툭 친다.

"조막손이는 말 못하겠네. 이건 당장에 오금을 주네그려."

"하하하하 호호호호."

"잘들 논다. 좋은 때다."

S는 어른답게 말한다.

"재미있어 보여요?"

Y는 S를 들여다보며 말한다.

"그러면요."

"무얼 언니는. 우리 때 어떻게 지낸 언니라고."

"너 어떻게 그렇게 잘 아니?"

"그걸 모를까."

"참 S씨의 역사나 좀 들어주실 것을 그랬습니다."

"그까짓 신신치 않은 지난 일을 말하는 것보다 장차 돌아올 일이나 말하는 것이 좋지요."

"참 유익된 말씀 많이 들었습니다."

Y는 새삼스럽게 예를 차린다. S도 따라서 예를 아니 차릴 수 없었다.

"건방지게 무엇을 아는 체해서 안됐소이다마는 내 딴은 다소간 다른 점이 있어서요."

"그런 줄 압니다."

길고 긴 신작로는 어느덧 동문에 다다랐다. 폐허가 다 된 동문은 옛 성을 지키고 있어 달 아래 흔들리는 굽은 소나무 소리를 들으며 즐비한 초가들을 거느리고 웅장히 서 있다.

"어머니나, 벌써 동문일세."

K는 탁탁 치는 동문을 보며 깜짝 놀라 말한다.

"좀 더 멀었으면 좋겠지? K씨."

Y의 흥분된 얼굴이 달빛에 얼른 보였다.

"글쎄, 집이 가까워졌구나."

S는 쓸쓸한 자기 방이 머리에 떠올랐다.

오늘 하루도 다 저물었다. 인생은 각각으로 시간 중에 숨어 간다.

지난 기억은 새로운 사실 앞에 그 자체를 숨기고 있다. 40 생애를 때의 흐르는 위에 남겨 놓았으나 과거의 S는 현재의 S로부터 연기와 같이 사라지는 것을 깨달았다.

늦은 봄 저녁 공기는 자못 선선함을 느꼈다. 동문을 들어서니 높이 보이는 연무대는 옛 활 쏘던 터를 남겨 두고 사이로 흰 하늘이 보이는 기둥만 몇 개 달빛에 비추어 보인다. 그 옆으로 자동차 길을 만들어 놓은 것은 과연 연인 동지 Y와 K의 발자취를 기다리고 있다.

그 길을 굽이 휘돌아 나서니, 나타나는 것이 달빛에 희게 벚꽃이 흐무러지게 피어 있다. 꽃 사이로 방화수류정, 화홍문이 보인다. 거기에는 사람들의 점심 찌꺼기로 남겨 놓은 신문지 조각이 바람에 날리고 있을 뿐 인적은 고요하다. 세 사람은 잠깐 머물러 돌아갔다.

때는 밤 11시다. 각각 처소에서 곤한 잠이 들었을 때 Y와 K의 영혼은 왔다 갔다 한다.

꽃은 지더라도 또 새로운 봄이 올 터이지. 그것이 기다리는 불가사의가 아니라고 누가 말을 할까. 그날을 기다린다. 그날을 기다린다.

– 《삼천리》, 1935년 10월

영미 부인 참정권 운동자 회견기

영국의 에멀린 팽크허스트 부인 참정권 운동 단원 중 노처녀가 내가 배우던 영어 선생인 관계상 그와 부인 문제에 대한 문답.

R: 참정권 운동은 누가 제일 먼저 시작했습니까?

S: 20년 전 우리가 시위운동을 하고 다닐 때 너무 늙어서 나오지를 못하고 창문을 열고 앉아서 보다가 문을 닫고 묵상하는 한 여인이 있습니다. 이가 즉 영국에서 여성운동자의 시조인 밀리센트 포셋 부인이요, 2세가 에멀린 팽크허스트이요, 이가 처음으로 시가지 시위운동하기를 시작했습니다. 40년 전에 1만여 명의 여성들이 앨버트기념관까지 시위행진을 했습니다. 이때는 내가 어렸고 우리 어머니가 참가했습니다.

R: 깃발에는 무어라 썼던가요?

S: '부인의 독립을 위해 싸우라. 부인의 권리를 위해 싸우자.' 라고 썼지요.

R: 물론 많이 잡혔겠지요.

S: 잡히고말고요. 모조리 잡혀 들어가서 단식투쟁을 하고 야단났지요.

R: 회원의 표어는 다른 것이 있나요?

S: 있지요. '여성에게 투표권을 달라' 를 모자에다 쓰고 단추를 하고 띠를 띠지요. 이것이 그때 띠던 것입니다.

(부인은 남빛이 다 닳은 띠에 금자로 쓴 것을 보였다.)

R: 이것 나 주십쇼.

S: 무엇 하실나오?

R: 내가 조선에 여권운동자 시조가 될지 압니까.

S: 그렇지요 기념으로 가지시구려.

R: 참정권 운동의 원인은 무엇인가요?

S: 결국 남자가 반성하지 않고 혼자 잘났다고 하는 까닭이지요. 남자는 언필칭 여자가 무엇을 아느냐고 하지요. 그러나 제아무리 영웅호걸이라도 여자 꾀에 넘어가지 않는 자가 없나니 지혜와 학문은 인생의 외면이요, 인생의 내면은 인정으로 얽매인 것이니까요. 이때 여자는 생각했습니다. 우리같이

꾀 있고 영리한 자가 저 어리석은 남자가 만들어 놓은 법률로 만족할 수 있으랴 하고 일어난 것이 여권운동의 시초지요.

R: 팽크하스트 부인의 주론은 무엇이던가요?

S: 노동 문제, 정조 문제, 이혼 문제, 투표 문제지요.

R: 그런데 선생님도 시위운동 때 연설을 하셨습니까?

S: 그러면요. 길가에서 의자 위에 올라서 연설을 할 때 한 여자가 그 이유를 묻습디다. 나는 이것은 너와 네 딸을 위한 일이다. 하느님은 너나 남자나 똑같이 내었다. 왜 너는 남자가 하는 일을 못할 것이냐. 길 가는 수만 군중이 모여서 구경하다가 "옳소 옳소." 하고 박수합디다.

R: 시위운동할 때 여자 단체가 많았나요?

S: 단체도 많았거니와 그 전문 직업을 따라서 그룹을 따로따로 해 시위를 했습니다.

R: 남자가 여자보다 사실 우수한 것 아닙니까?

S: 왜 그래요. 남자는 자기가 강하다 부하다고 떠드나 그 실은 어리석은 것밖에 없습니다. 여자는 약하게 입을 다물고 있습니다마는 자기가 하고 싶은 일이 있어 꾀만 내면 못 할 일이 없지요. 이런 예가 있습니다. 남편이 아내더러 어디를 가자고 할 때 아내가 공연히 그냥 싫다고 해보십쇼. 그 남편은

무리로 가자고 할 터입니다. 그러나 아내가 머리를 짚고 두통이 심해 못 가겠다고 해보십쇼. 남편은 오히려 동정하는 얼굴로 그만두자고 아니 하나. 남자가 얼마나 어리석고 약한 것이며, 여자가 얼마나 꾀가 있고 강한 것인지를 알 것 아닙니까.

R: 자식들과 관계는 어때요?

S: 누구든지 어렸을 때는 그 어머니를 생각하기를 온 세상보다 크게 생각합니다. 그러나 그들이 커서 시집이나 장가를 가보십쇼. 그들에게는 남편이 어머니가 되고, 아내가 어머니가 됩니다. 이런 일이 있습니다. 정을 다 주어서 사랑하던 어머니가 돌아가셨습니다. 이때 남편은 병이 나서 드러누웠습니다. 아내가 마땅히 대신하여 갈 것인데 당신이 아프니 그만두겠다고 합니다. 그러나 며칠 후에 아내의 어머니가 돌아가셨습니다. 그때 아픈 몸으로 남편과 아내는 동행하여 그 산소에 갑니다. 이는 인도상 그릇된 일이지만 여자의 힘이란 이렇단 말입니다. 그러므로 우리나라 속어에 '여자가 소매 속에서 웃는다.' 는 말이 있습니다.

R: 영국도 남녀 차별이 심하지요?

S: 네, 그랬어요. 전에는 딸을 시켜 아들의 옷을 빨라고 했으나 지금은 그렇지 아니해요. 전에는 아내가 남편의 것을 모두

했으나 지금은 할 수 있는 대로 자기가 다들 합니다.

R: 자녀에게는 양친 중 누구에게 책임이 더 중한가요?

S: 자녀 중 만일 허물이 있을 때는 그 어머니가 책하지 않고 그 아버지를 책합니다. 아버지가 먼저 죽고 어머니가 있다면 그 어머니는 할 수 있는 대로 자녀를 교양시킵니다. 그러나 어머니가 먼저 죽고 아버지가 있다면 다른 여자가 들어와 살림을 하게 되는 동시에 자녀 교육은 등한하게 됩니다. 그러므로 자녀를 위해서는 어머니가 살아 있고 아버지가 먼저 죽는 것이 좋습니다. 그러면 아버지가 없고 어머니만 있을 때는 그 책임을 어머니에게 지우나, 양친이 있을 때는 그 책임을 아버지에게 지웁니다. 남편이 죽은 후에 다른 남편에게 가면 그 책임을 남자에게 지우며, 결혼 아니 한 여자가 아이를 가질 때는 그 책임을 여자에게 돌리게 됩니다. 자식이 있고 이혼소송이 나게 되면 재판장은 양친을 보아 유리한 편으로 자식의 책임을 지우게 합니다.

R: 어떤 경우에 이혼이 많습니까?

S: 대개 경제 문제로 생기는 이혼이 많지요. 그러고 남녀 간이 불품행으로 생기는 일이 많지요.

R: 노동 문제에 대해서는 어떻게 생각하십니까?

S: 내가 교사로 있을 때 학생 60명을 가졌고, 그 옆 교실 남선생도 역시 60명 학생을 가지고 있었는데 나는 오히려 그보다 재봉 시간이 더 했건만 월급이 적었소. 그리하여 나는 불평을 말했소. 그러나 지금은 대부분이 차이가 없어졌습니다.

R: 투표권의 연령은 어찌 되었습니까?

S: 작년까지 남자 21세, 여자 30세이던 것이 금년부터 여자도 동년으로 되었습니다.

R: 선생님, 독신 생활하시는 소감이 어떻습니까?

S: 기혼 여자에게 쾌락과 고적이 있는 것과 같이 독신 여자에게도 쾌락과 고적이 있겠지요.

R: 그러면 어떤 편이 나을까요?

S: 나이 젊었을 때는 독신 생활이 나을 것이오.

– 《삼천리》, 1936년 1월

드레북스